AF211039

Franziska Rechperg

Die Fee vom Bodensee

Geschichten zwischen Tag und Traum

Vielleicht ist die Welt nur der letzte Traum
eines sterbenden Gottes

Bibliographische Information der Deutschen Nationalbibliothek
Die deutsche Nationalbibliothek verzeichnet diese Publikation in
der Deutschen Nationalbibliografie; detaillierte bibliografische
Daten sind im Internet über http://dnb-nb.de abrufbar

Franziska Rechperg
Die Fee vom Bodensee
©2008 Franziska Rechperg
Alle Rechte vorbehalten
Coverbild: Celia Macoa
www.CELIA-MAKOA.de
Herstellung und Verlag: Books on Demand GmbH Norderstedt
ISBN 978-3-8370-7495-6

Vorwort

Ein Mann, der einem Phantom hinterher jagt, ein Bauer, der auf seinem eigenen Acker spurlos verschwindet, eine Göttin auf der Suche nach einem höchst irdischen Partner – eine alte Frau, die am Ende ihres Lebens angekommen ist und viele andere Beispiele - etwas haben alle Personen meiner Geschichten gemeinsam: Irgend wann erkennen sie, dass neben der Welt, die für sie die einzige mögliche zu sein scheint, noch andere Welten existieren.

Gespenstergeschichten haben normalerweise einen morbiden Charakter. Doch gerade sie versuchen aufzuzeigen, dass es neben unserer Welt noch eine andere gibt, in der wir uns viel länger und öfter aufhalten als in der uns bekannten, die viele für die einzige halten. Die andere, die jenseitige Welt, ist unsere eigentliche Heimat.

In unserer Zeit, in der sich immer deutlicher ein Paradigmenwechsel abzeichnet, wird man gottlob nicht mehr auf dem Scheiterhaufen verbrannt, wenn man unsere diesseitige Existenz hinterfragt. Mittlerweile beschäftigen sich teilweise auch ernsthafte Wissenschaftler mit dem Rätsel der „Anderswelt", wie die Kelten sie nannten.
Aber vielleicht ist es auch ganz anders. Könnte es sein, dass wir Geschöpfe sind, nur von Göttern in ihren Träumen geschaffen? Und mitunter hat auch ein Gott Alpträume ...

Inhaltsverzeichnis

Die See vom Bodensee

Silbern glänzend lag der See vor ihm, eine riesige und nahezu bewegungslose Wasserfläche. Nur ganz leise hörte Hannes das Plätschern des Wassers, dessen Wellen leicht an die Mauer der Uferbefestigung schlugen. Es hatte schon längere Zeit nicht mehr geregnet. Er sah die grünbemoosten Steine, die nur bei niedrigem Wasserstand zu sehen waren.

Hier, in diesem Dorf am Bodensee, nicht weit von Meersburg, würde er seinen Lebensabend verbringen, in dem kleinen Häuschen mit dem steilen Giebel, das dem Besitzer des nahegelegenen Hotels gehörte.

Johannes Lebrecht, von seinen Freunden nur Hannes genannt, hatte sich mit diesem Häuschen einen Lebenstraum erfüllt. Er, der alleinstehende pensionierte Lehrer und frisch gebackene Hobbyschriftsteller, wollte kein Eigentum. Schließlich war er nie verheiratet gewesen, von illegitimen Kindern war ihm nichts bekannt und das letzte Hemd hat keine Taschen ... Er wollte hier nur in Ruhe leben.

Nachdenklich betrachtete er die alten Weiden am Ufer, deren Zweige normalerweise weit ins Wasser hingen, jetzt aber vergeblich nach Feuchtigkeit suchten. Er spürte, wie die ungewohnte Trockenheit ihnen zusetzte. Trotzdem fühlte er sich mit der Buche, die nicht weit davon entfernt ihre Äste ausbreitete, wesentlich mehr verbunden als mit den Weiden. Er lehnte sich oft an ihren Stamm. Sie gab ihm Kraft, sogar jetzt, wo sich der Saft in den Stamm zurückzog, und ihre Blätter längst die Farben des Herbstes angenommen hatten.

Bald wurden die Tage grau und neblig. Dann würde der Winter kommen und die schweizer- und österreichischen Berge mit Schnee bedecken. Aber jetzt schien noch immer die Sonne und tauchte die liebliche Bodenseelandschaft in ein goldenes Licht.

Die Frau, die auf „seiner Bank" vor der Buche saß, hatte er noch nie gesehen. Das weißblonde Haar fiel ihr über die Schultern. Sie trug ein schwarzes Spitzenkleid mit kleinem Ausschnitt und einem weiten Rock, der fast die ganze Bank bedeckte. Ein wenig wunderte er sich, dass ihr nicht kalt war. Die anderen Spaziergänger trugen bereits herbstliche Windjacken.

Während sein Blick zu den wenigen Passanten schweifte und an den vorbeifahrenden Radlern etwas länger haften blieb, verlor er die einsame Frau bei der Buche aus den Augen. Als er sich ihr wieder zuwenden wollte, war sie verschwunden, so lautlos und plötzlich, wie sie gekommen war.

Er schüttelte den Kopf. Plötzlich war er sich nicht mehr sicher, ob sie vielleicht nur in seiner Einbildung existierte. Er zuckte die Schultern und setzte gedankenverloren seinen Weg fort.

Am nächsten Tag sah er sie wieder um die gleiche Zeit auf der Bank bei der Buche sitzen. Wieder trug sie das schwarze Spitzenkleid, obwohl es noch kühler war, als am Tag zuvor. Heute wirbelte ein stürmischer Wind die Blätter hoch. Sie taumelten um die Bank, tanzten um den Kopf der Frau und setzten ihren Reigen auf dem Kiesweg fort. Sie saß bewegungslos, anscheinend völlig in den Anblick der wirbelnden Blätter versunken.

Hannes zögerte. Die Frau zog ihn magisch an. Wer war sie? Nie zuvor hatte er sie gesehen, obwohl in dem kleinen Dorf jeder jeden kannte. Wohnte sie hier oder etwa in Meersburg auf dem Schloss? Er stellte sich vor, wie sie dort in einem Turmzimmer saß, umgeben von altem Mobiliar und noch älteren Büchern...

Sein Schritt stockte, als sie sich plötzlich erhob. Einige Raben flatterten schwerfällig auf und flogen krächzend davon. Das genügte, um ihn einen Augenblick abzulenken. Als sein Blick wieder nach ihr suchte, war sie verschwunden.

Er schüttelte verwirrt den Kopf. Nun ja, es hatte offensichtlich nicht sein sollen. Das Leben hatte ihn einen gewissen Fatalismus gelehrt.

Auch in den kommenden Tagen blieb es stürmisch, aber trocken. Er fuhr nach Lindau, weil er größere Einkäufe tätigen wollte. Am nächsten Tag bekam er Besuch von Charlotte, seiner Schwester, mit der er einige Ausflüge unternahm. Sie blieb länger, als er erwartet hatte, obwohl sie auf der Couch im Wohnzimmer übernachten musste, doch sie freute sich über das schöne trockene Herbstwetter und die kostenlose Unterkunft.

Als sie wieder abgereist war, beschloss er erleichtert, seine lieb gewordenen Gewohnheiten wieder aufzunehmen. Dazu gehörte ein Abendspaziergang entlang des Seeufers. Die merkwürdige Fremde hatte er fast vergessen. Erst als er sie wieder an der gewohnten Stelle erblickte, erinnerte er sich wieder an sie.

„Jetzt oder nie", dachte er und näherte sich der Bank.

Er räusperte sich kurz. „Guten Abend!"

Sie blickte auf. Er sah in helle graue Augen und ein zeitloses Gesicht, weder alt noch jung. Er konnte nicht einmal beurteilen, ob sie hübsch war.

Sie lächelte und erwiderte seinen Gruß mit einem kurzen Kopfnicken.

„Ist das nicht ein herrlicher Herbst?", begann er eine Unterhaltung. „Allerdings sollte es dringend regnen, finden Sie nicht auch?"

Sie lächelte und schüttelte leicht den Kopf.

„Wenn es regnet, kann ich hier nicht mehr sitzen", antwortete sie. Ihre Stimme war leise, aber melodisch. „Ich liebe diese trockenen Herbsttage."

„Nun ja", er lachte ein wenig verlegen. „Natürlich genieße auch ich das schöne Wetter." Warum fiel ihm nichts anderes ein als eine Unterhaltung über dieses so banale Thema?

„Aber die Natur braucht dringend Wasser".

Sie nickte. „Da haben Sie wohl recht."

Sie stand auf. „Ich muss weiter. Einen schönen Abend noch!"

Wie ein Lufthauch entfernte sie sich.

Als er später über diese kurze Unterhaltung nachdachte, schalt er sich einen Tölpel. Sie musste ihn für einen ausgesprochenen Langweiler halten...

Doch am nächsten Tag war sie wieder da. Obwohl er nicht gehofft hatte, sie zu treffen, hatte er einen seiner kleinen, selbst verfassten Gedichtbände mitgenommen.

„Darf ich Ihnen dieses Büchlein schenken?", fragte er und kam sich unglaublich hölzern vor.

Sie sah ihm in die Augen. Irrte er sich, oder erblickte er wirklich Freude darin, die über freundliche Höflichkeit hinausging?

„Gerne, vielen Dank", antwortete sie und lächelte. „Das ist etwas für einsame Stunden, wenn der Regen prasselt. Aber ich kann Ihnen nichts dafür geben. Wissen Sie, wer Annette von Droste-Hülshoff war?"

„Ja, natürlich", erwiderte er eifrig. „Eine Dichterin des 19. Jahrhunderts. Sie wohnte zeitweilig im Schloss über Meersburg."

„Sie sollten ihre Gedichte lesen", sagte sie und blätterte in seinem Buch.

„Darf ich es wirklich behalten?"

„Es wäre mir eine Ehre." Er fand, dass seine Worte unglaublich theatralisch klangen. Aber sie schien es nicht zu bemerken.

„Nochmals vielen Dank! Dann bis bald!" Sie stand auf, und entfernte sich, bevor er sie zurückhalten konnte.

Am nächsten Tag regnete es. Hannes verspürte Lust, sich im Dorfbistro ein Abendessen zu gönnen. Dort waren jedoch sämtliche Plätze besetzt.

„Komm, setz dich zu uns", ertönte eine Stimme, als er bereits wieder gehen wollte. Er erkannte seinen Nachbarn von früher, als er noch in einem Appartementhaus im Lindauer Stadtteil Aeschach wohnte. Toni und seine Freunde rückten bereitwillig zusammen, um ihm Platz zu machen.

„Wie geht es dir denn?", erkundigte sich Toni. „Ich habe dich kürzlich auf der Seepromenade gesehen. Aber du hast mich nicht erkannt."

„Wer war denn die Schöne?", fragte einer der Anwesenden. Die anderen lachten.

„Hört auf!", sagte Toni. „Ihr bringt ihn in Verlegenheit. Außerdem war er allein! Ich habe nur einen Witz gemacht!" Er runzelte die Brauen. „Bist du eigentlich immer noch solo? Warum bloß? Du siehst doch besser aus als wir alle miteinander. Na, wahrscheinlich muss man dir erst eine Frau schnitzen!"

„Probier es mal mit der Fee vom Bodensee!", rief ein wohlbeleibter Glatzkopf.

Hannes sah etwas irritiert drein. „Was meinst du damit?"

Der Glatzkopf wurde verlegen. „Ist so eine Sage. Aber in den letzten Monaten sieht man öfters eine Frau oder Dame, wenn du das lieber hörst, die etwas überkandidelt zu sein scheint und immer in komischen Klamotten herumläuft. Wir nennen sie deshalb die ‚Fee vom Bodensee'."

„Ich glaube, ich weiß, wen du meinst", entfuhr es Hannes. „Erst gestern habe ich mit ihr gesprochen."

Plötzlich herrschte gespanntes Schweigen.

„Sag das noch mal!" Tonis Stimme klang plötzlich seltsam heiser. „Du hast mit ihr geredet?"

„Ja. Ich habe ihr sogar ein Buch geschenkt. Sie hat sich sehr gefreut." Hannes war nicht sicher, ob er nicht einen Fehler gemacht hatte, als er von seiner neuen Bekannten erzählte, aber seine männliche Eitelkeit hatte ihn dazu angestachelt. Die Reaktion war jedoch nicht so, wie er es erwartet hatte. Sie saßen und starrten ihn an.

Als Erster fasste sich Helmut, obwohl er es nicht lassen konnte, nervös an seinen Hosenträgern zu zupfen. Dann fuhr er sich durch sein schütteres blondes Haar.

„Sie hat noch nie zu jemand auch nur ein Wort gesagt. Man weiß buchstäblich nichts von ihr, noch nicht mal, wo sie wohnt. Und du willst mit ihr geredet haben?"

„Wenn es nicht so wäre, dann würde ich es nicht erzählen. Ihr tut ja gerade, als ob ich mit ihr im Bett gewesen wäre!" Hannes war fast beleidigt.

„Lass es gut sein", beschwichtigte ihn Toni. „Vermutlich redet die Dame eben nicht mit jedem. Jetzt kommt bald der Winter, da taucht sie ohnehin nicht mehr auf."

Sie wechselten das Thema, aber die übermütige Stimmung war verflogen. Fast unmittelbar nach dem Essen verabschiedete sich Hannes. Er spürte einen seltsamen Druck im Magen und eine Schwäche in den Beinen. Vermutlich bekam er eine Erkältung.

„Ich verstehe immer noch nicht, wie er so schnell sterben konnte. Sicher, der Arzt sprach von Sekundentod, aber Hannes hatte nie über Herzbeschwerden geklagt."

Die beiden Männer verließen den Friedhof und warfen einen letzten Blick auf das Grab mit den frischen Kränzen. Sie überholten eine ältere Frau in Trauerkleidung, die langsam und mühsam ein Bein vor das andere setzte. Toni hatte erfahren, dass sie die Schwester von Hannes war.

„Darf ich Sie ein Stück mitnehmen?", fragte Toni und deutete auf seinen Opel älteren Baujahrs.

„Ja, gerne." Sie wirkte erleichtert. „Wenn es Ihnen nichts ausmacht, wäre es nett, wenn Sie mich zum Zug bringen würden. Meine Beine machen seit einigen Wochen nicht mehr mit."

„Aber selbstverständlich", antwortete Toni.

„Mein Bruder war nie verheiratet, aber er hatte früher viele Freundinnen. Ein Kind von Traurigkeit war er nicht", erzählte sie auf dem Weg zum Bahnhof.

„Als ich ihn vor einigen Monaten besuchte, sagte er mir, dass er keine feste Verbindung mehr eingehen wolle. Ich sah auch keine Frau bei seiner Beerdigung, die als Freundin infrage gekommen wäre. Wissen Sie, ob es da jemand gab?"

Toni schüttelte den Kopf.

„Vor einigen Wochen erwähnte er eine Frau, die es ihm offensichtlich angetan hatte. Wir fanden sie etwas überspannt, aber gerade das reizte ihn anscheinend. Wir nannten sie die ‚Fee vom Bodensee', weil sie uns an eine Sage erinnerte."

14

„Welche Sage?", wollte Charlotte wissen.

Toni räusperte sich.

„Man erzählte sich früher von einer geheimnisvollen Frau, die nur dann auftaucht, wenn der See wenig Wasser hat. Das war letzten Herbst so. Da war der Bodensee so seicht, dass sich die Touristen noch im November auf Steinen sonnten, die normalerweise völlig von Wasser bedeckt sind. Da tauchte immer wieder diese schwarz gekleidete Frau mit den hellen Haaren auf. Sie hat nie mit jemand geredet. Nur Hannes ist es anscheinend gelungen, sich mit ihr zu unterhalten. Sogar ein Buch will er ihr geschenkt haben. Wir waren überrascht, aber haben es ihm geglaubt. Ist ja möglich. Hannes war normalerweise kein Angeber. Und diese Frau – nun ja, sie wird eben eine überspannte Touristin gewesen sein, die sich in Meersburg ein Hotelzimmer gemietet hatte."

Charlotte wischte sich die Tränen aus den Augen.

„Das spielt jetzt auch keine Rolle mehr. Wir werden nie wissen, warum er schon ein Jahr nach seiner Pensionierung sterben musste."

Die Schneeglöckchen waren bereits verblüht und die vielen Kirschbäume hatten schon dicke Knospen. Die Frau mit den langen hellen Haaren stand am Fenster eines Turmzimmers der Meersburg und lächelte zufrieden. Der Regen würde auch dieses Mal lange ausbleiben.

Sie verschwand in einem der unbewohnten Turmzimmer. Es war mit alten Biedermeiermöbeln ausgestattet. Doch die Frisierkommode würdigte sie keines Blickes. Sie hätte ihr ohnehin nichts genützt, denn im Spiegel war sie nicht zu sehen...

Der verschwundene Großvater

„Wir waren elf Kinder und ich war das jüngste", erzählte mein Vater zum wiederholten Male. Das tat er
immer, wenn er mir klar machen wollte, dass ich ein
verwöhntes Einzelkind war. In der Tat wäre es besser
gewesen, wenn ich Geschwister gehabt hätte, aber für
diesen Mangel konnte ich nichts.

Er war erst spät aus russischer Kriegsgefangenschaft
gekommen. Damals war meine Mutter schon zu alt
für weitere Kinder. So blieb ich alleine.

„Elf Kinder waren zu deiner Zeit wohl keine Seltenheit. Ihr kanntet ja nichts anderes. Schließlich kam
schon Großvater aus einer kinderreichen Familie,
genau wie Großmutter", konterte ich und fühlte mich
einmal mehr in die Defensive gedrängt.

„Das stimmt", gab er zu. „Einzige Ausnahme war
deine Urgroßmutter. Die hatte nur zwei Kinder."

„Warum?", wunderte ich mich. „Ist ihr Mann, also
mein Urgroßvater, so früh gestorben?"

Er schüttelte den Kopf. Das Thema war ihm anscheinend etwas unangenehm.

„Niemand weiß, wie alt er geworden ist," sagte er.

Ich schüttelte verwundert den Kopf. „Das verstehe ich
nicht."

„Natürlich nicht. Es verstand ja auch niemand, dass
er spurlos verschwunden ist", war seine trockene Antwort.

Mit einem Mal bekam unsere Unterhaltung eine neue Qualität. Neugierig stützte ich mit der Hand meinen Kopf und sah ihn gespannt an.

„Gib acht, dass dir der Kopf nicht runterfällt", tadelte er mich, um dann fortzufahren.

„Er hatte einen Bauernhof in der Nähe von Sonthofen. Nachdem er schon in jungen Jahren geheiratet hatte, bekam meine Großmutter kurz hintereinander zwei Kinder, ein Junge und ein Mädchen. Sie gediehen prächtig. Aber eines Abends wollte mein Großvater angeblich noch nach einer trächtigen Kuh sehen – verließ das Haus und kam nie wieder. Meine Großmutter sah nach, wo er geblieben war, aber es fehlte jede Spur von ihm."

Ich spürte, wie ich eine Gänsehaut bekam. „Was heißt ‚verschwand spurlos' und ‚kam nie wieder'? Hat es keine Anhaltspunkte gegeben, wo er hingegangen ist?"

Vater zögerte. „Nein, eigentlich nicht. Sie haben die ganze Gegend nach ihm abgesucht. Aber er war wie vom Erdboden verschluckt. Meine Großmutter blieb allein zurück, zog ihre Kinder groß und wurde steinalt. Geheiratet hat sie nie wieder. Sie hatte zwei Mägde und zwei Knechte, die bei ihr blieben und sie nach Kräften unterstützten."

„Wie denkst du darüber?", wollte ich wissen.

Er zuckte die Schultern.

„Ich glaube, dass er zur Fremdenlegion gegangen ist."

Ich empfand diese Erklärung wenig befriedigend.

„Ich verstehe nicht, warum er das getan haben sollte. War er denn unglücklich verheiratet oder hatte er Schulden?"

„Das weiß ich nicht. Meine Großmutter hat es immer verneint. Aber vielleicht war da doch etwas, das sie nicht gesagt hat."

„Wer ist jetzt auf dem Hof?" Ich war jetzt richtig neugierig geworden.

„Er steht schon seit vielen Jahren leer. Mein Bruder Simon, der ihn geerbt hat, lebt schon seit Jahren in Hindelang und arbeitet dort als Schuster in seiner eigenen Werkstätte, aber den Hof verkaufen, das will er auf keinen Fall."

Ich fand, dass die Sache immer mysteriöser wurde und nahm mir vor, diesem seltsamen Ort irgendwann einmal einen Besuch abzustatten.

Die Jahre vergingen. Ich war längst verheiratet und lebte mit meinem Mann in München, weit weg von meiner Heimat. Obwohl meine Eltern längst nicht mehr lebten, kamen wir aus alter Anhänglichkeit trotzdem ab und zu in unsere alte Heimat, besuchten unsere Verwandten und nicht zuletzt das Grab meiner Eltern.

„Wollen wir nicht ein wenig über Land fahren?", fragte mich Horst, mein Mann, nach einem Besuch bei meiner Tante.

Ich zögerte ein wenig. Da fiel mir plötzlich die Geschichte meines Urgroßvaters ein. Hier in der Nähe musste dieser berüchtigte Hof sein. Ich erzählte Horst die Geschichte.

„Wir fahren hin", entschied er kurz entschlossen. „Traust du dir zu, den Hof zu finden?"

Ich wusste mittlerweile den Namen. Meine Mutter hatte ihn kurz vor ihrem Tod einmal erwähnt. „Wir müssen ganz in der Nähe sein", vermutete ich. Dort in dem Waldgebiet, in einer Lichtung, soll der Lerchenhof, wie er genannt wird, liegen."

Die Gegend wurde immer einsamer. Nur vereinzelt lagen noch Häuser oder Scheunen zwischen den Feldern und dem Waldrand. Einige Male glaubten wir schon, fündig geworden zu sein. Aber es waren stets bewirtschaftete Anwesen. Meine Mutter hatte mir erzählt, dass der Hof unbewohnt war. Gerade nachdem wir beschlossen hatten, beim nächstbesten Haus die Bewohner zu fragen, rief Horst: „Hier ist er! Genau so, wie du gesagt hast."

Tatsächlich! Inmitten einer verwilderten Wiese, die daran erinnerte, dass hier einmal vor langer Zeit Äcker und Felder waren, stand ein riesiges Gebäude, unverkennbar ein altes Bauernhaus, das zweifellos einst bessere Tage erlebt hatte. Ich wunderte mich über den Zustand dieses alten Gemäuers. Keine der Fensterscheiben war zerbrochen, nur der Verputz bröckelte an allen Ecken und Enden. Es war offensichtlich, dass die Mauern schon sehr lange keine Farbe mehr gesehen hatten, aber das Haus war für sein hohes Alter immer noch erstaunlich intakt. Zwischen den wenigen Stufen, die zum Eingang führten, wuchs in den Ritzen, die sich im Laufe der Zeit gebildet hatten, das Gras.

Horst umrundete das Gebäude, während ich davor stehen blieb. Irgend etwas hielt mich ab, die Wiese zu betreten, von der das alte Bauernhaus umgeben war. Aus gutem Grund, denn plötzlich stieß Horst einen erschreckten Schrei aus.

„Verdammt noch mal", hörte ich ihn fluchen. „Jetzt wäre ich fast in eine Erdspalte gefallen, die ich in dem hohen Gras gar nicht gesehen habe."

„Bleib hier weg," rief er. Er watete durch das hohe Gras zurück. Der Schreck stand ihm immer noch im Gesicht geschrieben. „Stell dir mal so was vor! Aber das kommt davon, wenn sich niemand um so ein Anwesen kümmert!"

Ich schüttelte verwundert den Kopf. „Unfassbar! Aber meinst du nicht, dass der verschwundene Mann in eine solche Erdspalte gefallen sein könnte?"

Horst sah mich an und runzelte die Stirn. „Überleg mal! Es ist ja schon so lange her, und seitdem hat sich bestimmt vieles verändert! Damals war der Hof ja noch bewohnt und der Bauer hätte es bemerkt, wenn sich solche Verwerfungen gebildet hätten. Aber ... wer weiß! Dennoch – mindestens bei der Suche wäre man darauf gestoßen."

Er hatte ja Recht. Dennoch wurde ich das dumme Gefühl nicht los, dass Urgroßvaters Verschwinden mit dieser Erdspalte zu tun hatte."

„Jetzt haben wir den Hof gesehen. Ich gebe zu, er ist etwas unheimlich. Aber das ist auf seine Verlassenheit und auf die verwahrloste Umgebung zurückzuführen."

Ich zog es vor zu schweigen. Er schien meine Miss-Stimmung zu spüren und nahm meine Hand.

„Gehen wir! Jetzt ist es genug für heute. Wir können ein anderes Mal zurückkommen."

Schweigend kehrten wir zu unserem Auto zurück und fuhren in unser Hotel.

Es war eine merkwürdige Nacht, zumindest für mich, während mein Mann ungerührt neben mir schnarchte, als ob er das Holz eines ganzen Waldes zersägen wollte. Ich wälzte mich von links nach rechts und wieder zurück. Die Gedanken an das Haus verfolgten mich. Immerhin schien mein Cousin, zu dem ich übrigens keinerlei Kontakt hatte, das alte Gemäuer notdürftig instand zu halten. Warum er es immer noch nicht verkauft hatte, war mir schleierhaft. Um die dazu gehörenden Felder und Wiesen schien er sich erst recht nicht zu kümmern. Kurz darauf fiel ich in einen unruhigen Schlaf. Das alte Haus geisterte jedoch nach wie vor durch meine Träume.

Es war Nacht. Der Vollmond warf sein Licht auf einen Acker direkt hinter dem Haus. Ein Mann mit einer altmodischen Mütze trat heraus. Doch plötzlich schob sich eine dunkle Wolke, die an einen übergroßen Raubvogel erinnerte, über die runde Scheibe. Die Wolke wuchs, verhüllte den Mond und schickte ihre Ausläufer zur Erde. Es wurde mit einem Male dunkel, eine Dunkelheit, die mir völlig fremd war. Mir schien, als ob jemand oder besser irgend etwas ein Loch in die Lufthülle der Erde gestanzt hätte. Der

Mann mit der Mütze, soeben noch klar und deutlich zu erkennen, war aufgesogen von einer Schwärze, die nur mit dem absoluten Nichts gleichzusetzen war, in dem alles, was sich an dieser Stelle des Feldes befunden hatte, lautlos verschwand.

Ich erwachte schweißgebadet. Anscheinend hatte ich im Traum gestöhnt und Horst aufgeweckt.

„Ist dir nicht gut?", fragte er etwas besorgt..

„Nein, ich habe nur etwas seltsames geträumt", gab ich verschwommen zur Antwort und drehte ihm den Rücken zu. Irgendwann war ich tatsächlich wieder eingeschlafen, aber als ich am Morgen von den Klängen des Radioweckers aufwachte, fühlte ich mich wie zerschlagen.

Das Frühstücksbuffet war reichlich. Während ich den starken Morgenkaffee trank, verblasste der Traum. Wir beschlossen, in meine Heimatstadt zu fahren, wo ich bei der Bank noch einiges zu erledigen hatte. Anschließend machten wir noch einen Abstecher zu dem Gutshof, auf dem meine Taufpatin gelebt hatte. Ich wusste, dass dieser Besuch eine sentimentale Geste war, denn ihre Neffen, die sich das Anwesen teilten, waren längst erwachsen und kannten mich nicht.

Am nächsten Tag, als wir wieder beim Frühstück saßen, beschlossen wir einhellig, noch am selben Tag zurück nach München zu fahren. Der Hotelbesitzer schien an Langeweile zu leiden, denn er brachte uns persönlich als besonderen Service die Tageszeitung.

„Wieder Anschläge im Irak," murmelte Horst und reichte mir den Lokalteil.

„Mumifizierte Leiche auf freiem Feld gefunden", prangte als Schlagzeile auf der ersten Seite.

Ich stutzte und begann, entgegen meiner sonstigen Gewohnheit aufmerksam zu lesen.

„Gestern Vormittag wurde auf einem brach liegenden Feld in der Nähe eines verlassenen Bauernhofes die mumifizierte Leiche eines Landwirtes gefunden. Die Kleidungsstücke sind ungewöhnlich gut erhalten, scheinen aber aus dem 19. Jahrhundert zu stammen. Auffallend ist eine blaue Mütze, die nicht weit von ihm entfernt im Gras lag, und von den Landarbeitern dieser Zeit getragen wurde. Wie die Leiche auf das brach liegende Feld gelangt war, und ob es sich möglicherweise um ein Verbrechen handelt, muss noch untersucht werden."

Ich starrte auf den Text und das Foto daneben. Der Tote war unkenntlich, nicht aber die Mütze. Ich kannte sie. Der Mann in meinem Traum hatte sie getragen. Ich las weiter:

„Wenn es sich als wahr erweisen sollten, dass der Mann schon seit zweihundert Jahren tot ist, so kann es sich nur um einen Bewohner der Umgebung handeln. Es kursiert schon seit sehr langer Zeit eine Geschichte, dass im Jahr 1840 der Besitzer des Lerchenhofes eines Nachts spurlos verschwunden ist. Sein Verbleiben wurde nie geklärt, obwohl damals die ganze Gegend nach ihm abgesucht wurde."

Es gibt Orte, die einen Zugang in andere Welten haben... Und es gibt Verbindungen zwischen Himmel und Erde, von denen unsere Schulweisheit nichts ahnt. Ich aber wollte mit Horst in dieser, uns bekannten Welt bleiben. Daher haben wir den Lerchenhof nie mehr besucht.

Aphrodite

Ich habe selten einen schöneren Garten gesehen. Jetzt, zu Beginn des Sommers, blühten die Hecken und Sträucher in den mannigfaltigsten Farben. Kleine Teiche, die von den üppig wuchernden Seerosen fast bedeckt waren, blinkten hin und wieder zwischen dem mannigfaltigen Büschen und Sträuchern. In der Mitte des Gartens schoss die Fontäne eines Springbrunnens aus dem gespitzten Mund der Bronzestatue eines kleinen Jungen mit Federhut, der eine Angel ins Wasser hängen ließ.

Zwischen den Büschen ragten aus dem üppigen Grün steinerne Statuen, griechischen oder zumindest antiken Göttern nachempfunden. Besonders hatte es mir Venus, oder Aphrodite, wie sie bei den Griechen hieß, angetan, die zwischen dichten Rhododendrenbüschen stand. Wenn das letzte Tageslicht auf sie fiel, schien sie lebendig zu werden. Das lag mit Sicherheit an den Licht- und Schattenspielen, die ich von der Terrasse meines Appartements aus beobachten konnte.

Ich genoss es, nachts noch dort zu sitzen, wenn schon alle Lichter in den Häusern ringsum erloschen waren, und nur noch die bleiche Gestalt der Aphrodite zwischen den Büschen schimmerte. Manchmal versuchte ich zu meditieren, doch oft döste ich auch nur vor mich hin.

Eines Abends stand sie plötzlich vor mir, weiß leuchtend im hellen Licht des Mondes, diese schöne Frauengestalt, nur spärlich bekleidet, die Brüste kaum bedeckt. Sie reckte verführerisch die Arme, um ihre Schönheit zu zeigen.

„Hör mal", sagte ich zu ihr. „Hier bist du an der falschen Adresse. Ich bin selber eine Frau und habe andere Ambitionen. Schick mir lieber deinen Bruder Apollo. Du aber solltest einen Mann beglücken."

„Ich kann dir Apollo nicht schicken", antwortete sie, und ich sah im Mondlicht ihre schönen großen Augen traurig auf mich gerichtet. „Leider haben sie ihn vergessen. Der Gott der Künste und der Weisheit ist heutzutage nicht mehr gefragt. Du müsstest dich mit dem Jungen im Teich begnügen, diesem Wassergeist mit dem spitzen Hut..."

„Nein, danke", gab ich zur Antwort. „Trotzdem, dein Vorschlag war nett gemeint. Ich wüsste aber jemanden, den du besuchen könntest."

„Sieht er gut aus?"

Sie schien meine Idee nicht so übel zu finden. Wahrscheinlich hatte sie Nachholbedarf, die Ärmste.

„Ja, das kann man sagen. Er wohnt im Nachbarhaus." Ich erklärte ihr den Weg.

„Ich weiß aber nicht, wie du in seine Wohnung kommst", fügte ich zweifelnd hinzu.

„Kein Problem", meinte sie. „Türen sind für mich kein Hindernis. Und vielen Dank für deine Hilfe."

Ehe ich antworten konnte, war sie verschwunden.

Mit einem Mal erloschen sämtliche Lichter. Finsterste

Nacht umgab mich. Ich sah mich erschrocken um. Nun ja, wahrscheinlich war ich aus einem sehr lebhaften Traum erwacht. Kopfschüttelnd verließ ich die Terrasse und betrat das Wohnzimmer. Ich musste erst nach dem Lichtschalter suchen. Dabei war ich mir sicher, dass zuvor die kleine Wandlampe gebrannt hatte...

Wenig später lag ich im Bett und war kurz darauf eingeschlafen.

Am nächsten Tag kitzelten mich die Strahlen der Morgensonne im Gesicht, als ich aufwachte. Nachdem ich geduscht hatte, beschloss ich, in der nahe gelegenen Bäckerei zwei Brötchen zu holen, solange die Kaffeemaschine ihre Arbeit verrichtete.

Irgend etwas hatte sich im Garten verändert. War nicht direkt an meiner Terrassentür vor den Rhododendrensträuchern die Statue der Aphrodite gestanden? Jetzt war der Platz leer. Hatte man sie woanders hingestellt? Ich war etwas verwirrt.

Unterwegs kam ich an dem Haus vorbei, in dem Marcel wohnte. Bei einem Konzert war ich mit ihm ins Gespräch gekommen und hatte einiges aus seinem Leben erfahren, was mein Mitgefühl erregt hatte. Seine Freundin, die er sehr geliebt hatte, war bei einem Motorradunfall tödlich verunglückt, und kurz darauf war seine Mutter gestorben.

Anscheinend hatten ihm diese erst kürzlich stattgefundenen Ereignisse seinen Lebensmut genommen. Oft sah ich ihn am Ufer des Sees sitzen. Sein Blick folgte wehmütig den Segelbooten, die gegen den

Wind kreuzten. Ich hoffte, er würde eines Tages wieder ein Glück finden.

Ich erinnerte mich an meinen Traum von gestern Abend, als ich der Göttin Aphrodite seine Adresse gegeben hatte. Na, wer wusste schon, ob er nicht genau zu diesem Zeitpunkt bereits mit einem hübschen Mädchen das Bett und noch mehr geteilt hatte!

Ich kaufte zwei Brötchen und ging zurück zu meinem Kaffee. Mein Blick fiel wieder auf den leeren Platz vor der Terrasse, wo gestern noch die Statue der Aphrodite gestanden hatte. Da fiel mir ein, dass meine Morgenzeitung fehlte. Ich stand auf, trank noch einen Schluck Kaffee und eilte hinaus, um die Zeitung aus dem Briefkasten zu nehmen.

Dann sah ich die Beiden. Zwei schöne junge Menschen, dunkelhaarig und braungebrannt kamen mir eng umschlungen entgegen. Apollo und Aphrodite – warum war mir nie aufgefallen, wie ähnlich Marcel dem griechischen Gott war?

Ich habe meine Vermieter nicht gefragt, wo die Statue geblieben ist. Es ist so schön zu träumen. Ich habe keine Lust aufzuwachen.

Die Frau am Fenster

Brigitte fand das alte Haus mit dem Panoramablick zwar malerisch und romantisch, aber dieses Ding kaufen? Im Gegensatz zu ihrem Mann war sie von der Idee nicht begeistert.

Eigentlich war es nur eine Ruine. Die Dachziegel lagen teilweise auf der Erde im Unkreis von etlichen Metern, an den Mauern aus Naturstein kletterte der Efeu empor, und die wenigen Fenster starrten sie aus leeren Augenhöhlen an.

Nun, es bedurfte keiner ausufernden Phantasie, sich dieses Haus vorzustellen, wie es restauriert aussah. Sicher, einiges an Geld und Arbeit müsste man investieren. Aber widerwillig musste sie zugeben, dass es die Mühe wert war. Vor allem hätten sie dann ein „pezzo unico", wie man hier zu sagen pflegte.

Sie suchten nun schon seit einiger Zeit in Ligurien nach einem Haus. Die verträumte liebliche Mittelmeerlandschaft zwischen Genua und La Spezia vor dem Hintergrund der Seealpen hatte es ihnen angetan. Hier wollten sie nicht nur ihren Lebensabend verbringen, sondern auch schon die Jahre davor, solange sie noch jung genug waren, um neue Wege zu gehen.

Günter war ein begnadeter Hobbygärtner und hatte sich schon seit einiger Zeit darüber hinaus mit dem Anbau und der Pflege von Olivenbäumen und den verschiedenen Rebsorten, die hier besonders gediehen, beschäftigt. Er sah im Geiste bereits jetzt, wie er als Olivenbauer und Weinhändler seine Geschäfte zwischen Deutschland und Italien abwickelte. Brigitte hingegen war als Schriftstellerin unabhängig und stellte sich vor, dass diese Landschaft sie zu neuen literarischen Ufern führen konnte. Das versöhnte sie mit dem Projekt ihres Mannes. Nach einigen Tagen Bedenkzeit hatte auch sie Gefallen daran gefunden.

Das Haus, das sie zwischen den rebenbedeckten Hügeln und Olivenhainen entdeckt hatten, stand anscheinend schon seit langem leer. Im seinem Inneren herrschte das Chaos. Zu lange schon war es als Scheune und Abstellplatz für alles, was nicht mehr niet- und nagelfest war, missbraucht worden. Am schlimmsten jedoch stand es um den Fußboden des Obergeschosses. Hätte sich ein mutiger Mensch über die ebenfalls schon morsche Leiter hinaufgewagt, wäre er bereits nach den ersten Metern wieder im Erdgeschoss gelandet. Zwischen den defekten Balken hing altes, graues Heu herunter. Nein, niemand wäre auf die Idee gekommen, das obere Geschoss zu betreten...

Nach der dritten Besichtigung des alten Gemäuers waren beide überzeugt, dass es für sie trotz des abenteuerlichen Zustands das Richtige war. Sie warfen, bevor sie gingen, noch einen Blick zurück, fest entschlossen, dem Bauern, dem das Haus und das Land gehörte, ihren Entschluss mitzuteilen. Gegen gutes Geld waren die meisten Leute in dieser Region bereit, ein Stück von ihrem Besitz abzutreten. Viele waren es müde, von morgens bis abends zu schuften. Die Söhne und Töchter waren größtenteils bereits in die großen Städte gezogen und hatten die Alten auf ihrer Scholle allein gelassen. Dieser Ort machte keine Ausnahme.

Brigitte blieb noch einmal stehen und rieb sich überrascht die Augen. Das konnte wohl nicht sein! An einem der oberen Fenster war die Gestalt einer Frau zu sehen. Das blasse Gesicht war weder alt noch jung, ihre Miene ernst, geradezu undurchdringlich. Brigitte sah außerdem, dass die Frau ein schwarzes Kleid trug, wie es in südlichen Ländern bei älteren Frauen typisch war.

Sie fasste ihren Mann am Arm. „Schau mal – wie kommt diese Frau dazu, das Obergeschoss zu betreten?"

Günter sah verblüfft drein. „Welche Frau?"

„Na, dort oben, an dem Fenster rechts!" Sie deutete mit der Hand auf die Fensteröffnung.

„Spinnst du?", raunzte Günter unwillig. „Hier ist weit und breit niemand, und schon gar nicht an diesem Fenster. Was ja ohnehin unmöglich wäre", fügte er hinzu.

Brigitte kam sich ausgesprochen dumm vor. „Ich habe sie doch gerade gesehen", verteidigte sie sich. „Am Fenster stand eine ältere Frau, ziemlich blass, in einem dunklen Kleid. Und sie hat uns sehr prüfend und ernst nachgeschaut."

Günter schüttelte den Kopf. „Du hast geträumt, und jetzt hör auf mit dem Blödsinn. Wir müssen uns beeilen, damit wir noch heute zu diesem Signor Magellini kommen, um mit ihm die Vertragsbedingungen zu besprechen."

Sie kauften das Haus und hofften, im darauf folgenden Jahr mit den Bauarbeiten beginnen zu können. Aber es kam ganz anders, als sie es sich vorgestellt hatten. Brigittes Mutter blieb nach einem Schlaganfall behindert und musste gepflegt werden. Günter verlor bei einer Spekulation mit Aktien genau den Teil seines Geldes, das für den Ausbau des Hauses vorgesehen war, und zu allem Überfluss verunglückte sein Vater bei einem Autounfall so schwer, dass er von diesem Zeitpunkt an querschnittsgelähmt im Rollstuhl saß. Die Kosten für das Pflegeheim von Brigittes Mutter und die Aufwendungen für Günters Vater verschlangen sämtliche Geldreserven und einen großen Teil ihres laufenden Einkommens. Ein Ende der Misere war für die kommenden Jahre nicht abzusehen.

So verging die Zeit. Beide schafften es nicht, sich um die erworbene Immobilie in Italien zu kümmern. Nicht einmal ein Urlaub war möglich, so angespannt war ihre finanzielle Lage. Brigitte hatte einen öden Bürojob angenommen, der ihr fast keine Zeit mehr zum Schreiben ihrer geliebten Romane ließ. Sie verbitterte zusehends.

Eines Tages erbarmte sich ihr Cousin, der ihr oft schon hilfreich zur Seite gestanden hatte. Zu ihrem fünfzigsten Geburtstag, fast zehn Jahre nach dem Kauf des Hauses, schenkte er ihr eine Busreise, die er als Sonderangebot entdeckt hatte mit dem hochtrabenden Titel „Italien, wie es keiner kennt". Das Programm war so gestaltet, dass es in die Gegend führte, wo das Haus von Brigitte und Günter immer noch auf seine Restaurierung wartete. Nach menschlichem Ermessen müsste es für Brigitte möglich sein, einen Abstecher dorthin zu machen.

Der Bus war bis zum letzten Platz mit vorwiegend älteren Ehepaaren besetzt, neben denen sich Brigitte trotz allem noch jung und agil fühlte. Der Reiseleiter schien das ebenfalls so zu sehen, denn er nahm sie vom ersten Tag an unter seine Fittiche. Brigitte war nicht abgeneigt, sich von ihm hofieren zu lassen, obwohl sie ihn schon am ersten Abend in seine Schranken verwiesen hatte.

Am zweiten Abend lud er sie trotz ihrer Abfuhr vom Tag zuvor zu einem Glas Wein in eine der zahlreichen Bars des Ortes ein, in dem ihre Reisegruppe übernachtete. Am nächsten Tag war ein Ausflug ins „Cinque Terre" geplant, der von La Spezia aus mit dem Zug unternommen wurde. Brigitte hatte vor, von Monterosso aus, wo ein längerer Aufenthalt einschließlich Mittagessen stattfinden sollte, mit einem Taxi ins Hinterland zu fahren. Das Mittagessen war fakultativ. Den Preis dafür würde sie für die Taxifahrt verwenden. Sie musste allerdings in diesem Fall den Reiseleiter von ihrer Absicht verständigen. Noch am Abend erzählte sie ihm von ihrem Vorhaben.

„Ich fahre mit Ihnen", meinte Stefan spontan. „Wir teilen uns die Kosten." Brigitte wollte widersprechen, aber er ließ keine Einwände zu.

So kam es, dass sie, nachdem die Rentnerrunde, wie sie insgeheim die überwiegend älteren Mitreisenden nannte, in einem typischen Touristenrestaurant Platz genommen hatte, eines der wenigen Taxis riefen und sich zu Brigittes brachliegendem Haus auf den Weg machten.

„Es sieht immer noch so aus, wie ich es das letzte Mal gesehen habe", stellte Brigitte fest, als sie aus dem Taxi gestiegen waren und sich dem Haus näherten.

„Ach!" Plötzlich blieb sie stehen und ihr Gesicht nahm einen enttäuschten Ausdruck an. „Ich habe den Schlüssel für das Haus vergessen."

Stefan runzelte die Stirn. „Schade", meinte er nach einer Sekunde des Nachdenkens. „Aber vielleicht können wir das Schloss knacken!"

Brigitte schüttelte den Kopf. „Es ist ein solides Vorhängeschloss. Wir müssten die Tür demolieren."

„Na gut. Dann schauen wir eben nur von außen!"

Sie umrundeten das Gebäude, prüften den Zustand der Mauern und des Daches. Brigitte fand zu ihrer Erleichterung, dass sich trotz der langen Zeit ihrer Abwesenheit nicht viel verändert hatte. Dennoch beschloss sie, so bald wie möglich Nägel mit Köpfen zu machen und jeden Cent beiseite zu legen, um so rasch wie möglich wieder hierher zurückkehren zu können.

Aber erneut hatte das Schicksal zugeschlagen. Der Zustand ihrer Mutter verschlechterte sich. Dann wurde auch ihr Mann krank. Brigitte vergaß wieder ihre Vorsätze.

Im Januar des darauf folgenden Jahres stand sie am Grab ihrer Mutter, im März starb der Vater ihres Mannes. Die Beerdigungskosten verschlangen die letzten Notgroschen, die sie mühsam erspart hatte. Günter wurde zwar wieder gesund, aber er hatte einen großen Teil seiner Kunden durch seine Krankheit verloren und musste fast wieder von vorn anfangen.

Dennoch ging es ihnen nach einiger Zeit finanziell besser, da Brigitte immer noch ihre, wenn auch ungeliebte Arbeit als Direktionssekretärin bei einer namhaften Versicherung hatte. Die hohen Belastungen der Vergangenheit waren zu normalen monatlichen Ausgaben geworden. Dennoch – sie verspürten keine Lust mehr, ihren Traum vom Haus in Ligurien zu verwirklichen.

Eines Tages erreichte sie ein amtliches Schreiben aus Italien. Sie konnte den italienischen Text nur mit Hilfe eines Übersetzers, der in ihrer Firma arbeitete, entziffern. Darin wurde sie wurde aufgefordert, entweder das Gebäude, das man als stark baufällig eingestuft hatte, instand zu setzen oder, nach entsprechender Sicherung, so rasch wie möglich zu verkaufen. Zusammen mit ihrem Cousin Max, der sie beraten wollte, fuhr sie nach Italien. Max, der das Gebäude bisher nur auf Fotos gesehen hatte, war beeindruckt.

„Ich werde euch helfen, das Haus zu restaurieren", erklärte er kurz entschlossen. Er erläuterte ihr seinen Plan. Schon lange war er auf der Suche nach einem Ferienhaus für seine Familie. Er würde das Haus ausbauen, als Miteigentümer eingetragen werden, und sowohl seine Frau und die beiden Kinder, wie auch

Günter und Brigitte, würden es nutzen können, wann immer sie Zeit hatten.

Brigitte erklärte sich nachdem sie mit Günther gesprochen hatte, damit einverstanden. Es sollte das werden, wofür es von Anfang an vorgesehen war, ein rustikales Wohnhaus aus Natursteinen, inmitten eines großen blühenden Gartens.

Es sollten noch zwei Jahre vergehen, bis es so weit war: Fast vierzehn Jahre, nachdem Günter und Brigitte das Haus als Ruine gekauft hatten, erstrahlte es in neuem Glanz. Die beiden Kinder von Max und Anita, die zehnjährige Leonie und der achtjährige Lukas, waren überglücklich, dass sie in ihren Ferien einen großen Abenteuerspielplatz hatten. Die wilde Landschaft im Hinterland von La Spezia war geradezu ideal dafür. Nur Günter hatte sich nicht ein einziges Mal die Mühe gemacht, nach Italien zu fahren und sich um den Ausbau des Hauses zu kümmern. Stets hatte er eine andere Ausrede, die meistens weder hieb- noch stichfest war. Auch als das Haus längst fertig war, machte er keine Anstalten dazu.

Langsam begriff Brigitte, warum er sich so merkwürdig verhielt. Dieses Haus war sein Kind gewesen, und das Schicksal in Form von widrigen Umständen hatten es ihm weggenommen. Andere hatten sich darin breit gemacht. Er war nur noch der Geduldete.... Das alles tat Brigitte furchtbar leid, aber sie wusste nicht, wie sie ihn aus seiner Lethargie reißen konnte.

Eines Tages verlangte er die Scheidung. Die Eheleute waren sich fremd geworden. Sie hatten keinen gemeinsamen Traum mehr. Brigitte willigte ein nach dem Motto „Lieber ein Ende mit Schrecken als ein Schrecken ohne Ende." Sollte er sich doch einen anderen Traum schaffen! Vielleicht hatte sie beide, jeder für sich, noch eine Chance, ihrem Leben eine neue Richtung zu geben.

Nach einem Jahr waren sie geschieden. Seinen Anteil am Haus in Italien hatte er Brigitte überlassen. Sonstige Vermögenswerte existierten, außer einem Auto älteren Baujahres, nicht mehr. Brigitte war erleichtert, als sie das Gerichtsgebäude verließ. Sie hatte bereits Urlaub eingereicht und wollte allein, ohne Max und seine Familie, einige Tage in Ligurien verbringen.

Schon als sie die Haustür aufschloss, hatte sie dieses merkwürdige Gefühl, nicht allein zu sein. Sie ignorierte es, und beschloss, nachdem sie ihren Koffer ausgepackt hatte, im Dorf einige Lebensmittel zu kaufen und nach dem Abendessen nicht allzu spät ins Bett zu gehen.

Wenig später verließ sie das Haus und setzte sich in ihren Ford Fiesta, um ins Dorf zu fahren. Der Minimercato hatte alles, was sie fürs Erste brauchte. Die Besitzerin des kleinen Ladens begrüßte sie freundlich, war aber sichtlich erstaunt, dass sie alleine aufkreuzte. Nach einigen kurzen erklärenden Sätzen kaufte sie das Notwendigste und beschloss, sich den obligatorischen Bummel durch das Dorf für die kommenden Tage aufzusparen. Als sie die kurvige Bergstraße zurück fuhr, überkam sie ein Gefühl von Schwere und Traurigkeit.

Sie parkte ihren Wagen auf dem kleinen Nebenweg vor der alten Scheune, in die der Vorbesitzer immer noch seine landwirtschaftlichen Geräte stellte. Ihr Blick fiel auf das Schlafzimmerfenster im ersten Stock. Die Fensterläden waren zu ihrer Überraschung geöffnet.

Plötzlich erfasste sie ein eisiger Schauer. Vor der Schwärze des Raumes hob sich ein Gesicht ab. Blass und ernst sah ihr eine Frau entgegen, eine Frau, die ihr bekannt war, so als ob sie in einen Spiegel schaute. Es war ihr eigenes Gesicht.

Spiegelwelt

Franziska saß in ihrem Lieblingssessel. Hier konnte sie aus dem Fenster sehen, bequem ein Buch lesen, Fernsehen schauen oder meditieren. Ganz wie es ihr passte. Dieser Sessel war wie geschaffen für sie.

Sie blickte von ihrem Buch auf und sah, dass es mittlerweile dunkel geworden war. Sie erhob sich und schaltete das Licht an, um dann wieder zu ihrem Lieblingsplatz zurückzukehren.

Als sie einen Blick zum Fenster warf, sah sie sich in ihrem Sessel sitzen. Sie stutzte. Neben ihrem Spiegelbild saß eine zweite Franziska. Einen Augenblick lang richteten sich ihre Härchen an den Armen auf. Dann jedoch schalt sie sich eine Närrin. Natürlich, durch die Doppelverglasung des Fensters hatte sie den Eindruck, dass sie zweimal dort in ihrem Sessel saß. Ein sogenannter Dopplereffekt... Sie schüttelte den Kopf. Die beiden Frauen in der Fensterscheibe taten es ihr nach.

Franziska Nummer zwei schien ein wenig verschwommen, so, als ob sie weiter weg wäre – oder verzerrt durch die Spiegelung, wies sie sich zurecht.

Sie versuchte weiter zu lesen, die verdoppelte Franziska zu ignorieren, aber immer wieder fiel ihr Blick unwillkürlich auf die Fensterscheibe. Täuschte sie sich, oder sah die zweite Franziska nicht nur etwas verschwommen, sondern auch um eine winzige Spur anders aus?

Sie musste an die Spiegelkabinette auf den früheren Jahrmärkten denken. Dort hatte man sich in die Breite, oder Länge gezogen gesehen, manchmal auch doppelt, oder geteilt..., mit breiten Kopf und dünnem Rumpf... Diese Spiegelkabinette waren damals eine Quelle der Heiterkeit.

Andererseits kannte sie Oscar Wildes Buch „Das Bildnis des Dorian Gray". Der Protagonist wünscht sich eines Tages, immer jung und schön zu bleiben. Nur ein Porträt, gemalt in seiner schönsten Lebensspanne, soll sein wahres Alter zeigen. Sein Wunsch geht in Erfüllung.

Die Jahre vergehen. Er führt ein schlechtes, ausschweifendes Leben, begeht aus Habgier einen Mord, aber nur sein Porträt, das er sorgfältig verborgen hält, altert und zeigt die Spuren seines Lebens. Immer wieder, getrieben von einem Zwang, sieht er nach seinem Bildnis, das er vor Allen verbirgt. Es zeigt unbarmherzig sein wirkliches Aussehen, und er kann den Anblick immer weniger ertragen. Eines Tages hält er es nicht mehr aus. Er zerfetzt mit dem Messer das Bildnis, und tötet sich dadurch selber... Als seine Freunde nach ihm suchen, finden sie einen alten hässlichen Mann, der sich ein Messer in den Leib gestoßen hat, tot vor dem Bildnis eines wunderschönen Jünglings liegen.

Die Gänsehaut an ihren Armen wollte nicht mehr weichen. Als Kind war sie oft in der Abenddämmerung, wenn ihre Mutter dachte, dass sie schon schlief, lange vor dem großen Spiegel in ihrem Zimmer gestanden. Sie hatte versucht, mit dem Mädchen zu reden, das ihr da entgegenblickte. Zwar wusste sie, dass dieses Kind sie selber war, aber trotzdem – irgend etwas sagte ihr, dass es vielleicht doch „die andere Franziska" gab...

Ein Freund aus ihren Jugendtagen hatte ihr einmal erzählt, dass er eines Tages beim Blick in den Spiegel sein viel älteres Ich darin sah...

Eine Freundin, die mittlerweile tot war, hatte sie gewarnt, allzu lange in den Spiegel zu sehen oder sich zu sehr in den Anblick des eigenen Spiegelbildes zu vertiefen. Auf Franziskas Frage, was ihrer Meinung nach passieren konnte, hatte sie keine Antwort bekommen. Die Freundin hatte sie mit Panik in der Stimme gebeten, nicht weiter zu fragen.

Früher gab es keine Filme über Parallelwelten. Sie waren eine spätere „Erfindung", die in den Bereich Fantasy gehörte. Die Theorie von vielen Welten, die sich oft nur in Kleinigkeiten, manchmal jedoch auch erheblich von einander unterschieden, hatte sie schon seit langem fasziniert. Wenn das stimmte, dann könnte es sein, dass sie in einer der Welten schon mit zwanzig Jahren gestorben war, oder dass es sie in einer anderen Welt erst gar nicht gab, weil die Frau, die sie in ihrer jetzigen Welt ihre Mutter nannte, kinderlos geblieben war.

Ältere Spiegel bestehen aus Glas, mit Quecksilber beschichtet. Quecksilber ist ein Element, allerdings ein sehr flüchtiges. Wenn jedoch, was mittlerweile bekannt ist, alle Materie eine unterschiedliche Schwingungsfrequenz besitzt, was hat dann überhaupt festen Bestand?

Als sie so saß, ihr Buch in der Hand, und zum Fenster starrte, glitten ihre Gedanken ab in eine längst vergangene Zeit, und sie erinnerte sich an einen Vorfall, den sie sich schon lange vergessen hatte.

Auf dem Friedhof

Es war an einem sonnigen Tag im Frühherbst. Sie hatte mit ihrem Mann, aus Mangel an Geld, ihren Urlaub in ihrer alten Heimat verbracht. Sie wohnten während dieser Zeit im Haus ihrer Eltern, die einige Wochen nach Südtirol gefahren waren, und so konnten sich bei beiden, trotz der vertrauten Umgebung, Feriengefühle einstellen.

Sie schlenderte mit Horst durch die vertrauten Gassen ihrer Heimatstadt, zeigte ihm Winkel und Ecken, die er noch nicht kannte. Oft machten sie auch Spaziergänge in die Umgebung– kurz – sie hatten sich längst damit abgefunden, dass sie in diesem Jahr nicht „in Urlaub fahren" konnten.

Franziska war innerlich zerrissen, aber ängstlich bemüht, sich nichts anmerken zu lassen. Sie war, mit den üblichen Idealen der Jugend, vor zehn Jahren ins Leben gestartet. Mittlerweile hatte sie begriffen, dass nichts so wurde, wie sie es sich vorgestellt hatte, weder ihre Ehe, noch ihre Berufslaufbahn – und, was sie seltsamerweise am meisten bedrückte – auch ihre Hoffnungen auf eine bessere Welt hatte sie durch die politischen Ereignisse verloren.

In Amerika war vor zehn Jahren Präsident John F. Kennedy ermordet worden. Er war der Hoffnungsträger für alle jene gewesen, die an Frieden und mehr Gerechtigkeit in der Welt glaubten. Der alte Johnson, der sein Nachfolger wurde, büßte rasch seine Glaubwürdigkeit ein, als er aus der militärischen Intervention in Vietnam, die Kennedy halbherzig angeordnet hatte, einen echten Krieg machte.

Dann hatte John F. Kennedys Bruder Robert, damals Senator von New York, seinen Anspruch auf die Präsidentschaft erklärt. In den sogenannten Vorwahlen errang er einen Sieg um den anderen. Als es so aussah, als wäre er auf dem besten Weg, die Präsidentschaftskandidatur zu erhalten, schoss ein Fanatiker auf ihn. Er starb noch auf dem Weg ins Krankenhaus.

Damals zerbrach in Vielen mehr als nur eine weitere Hoffnung. Tief im Inneren wusste auch Franziska, dass alles ganz anders lief, als es sich diejenigen, die guten Willens waren, vorgestellt hatten. Es waren die Zeichen an der Wand, die ganz deutlich sichtbar wurden. Einen Augenblick lang nur war die Flammenschrift erschienen, aber das genügte, um zu zeigen, dass das Schicksal der Menschheit einen anderen Weg nehmen würde, wer auch immer die Mächte hinter diesem ganzen Spiel waren.

An diesem schönen sonnigen Tag spürte sie zum ersten Mal in diesem Jahr den herannahenden Herbst. Vielleicht erging es Horst ähnlich, und das war der Grund, warum sie beide einmütig beschlossen, den schönen großen Friedhof der Stadt mit seinen alten Bäumen, den bemoosten Brunnen und den teilweise denkwürdigen Grabmälern zu besuchen. So konnte sie Horst bei dieser Gelegenheit das Familiengrab ihrer Großeltern zeigen, das im ältesten und eindrucksvollsten Teil des Friedhofs lag.

Anschließend spazierten sie noch durch die Reihen der neueren Gräber.

Später konnte sich Horst nicht mehr erinnern, wie er auf jenen geschmacklosen Witz gekommen war. Auch Franziska selber wusste nur noch, dass er plötzlich den Arm um sie legte mit den Worten: „So, jetzt suchen wir ein schönes Grab für dich!"

Kaum hatte er den Satz beendet, stockte sein Atem. Sowohl er als auch Franziska starrten auf eines der neuen Gräber, die an dieser Stelle entstanden waren. Sie sah ein Grab mit fetter schwarzer Erde und einem einfachen provisorischen Holzkreuz. Auf dem deutlich ihr Vor- und Familienname zu lesen war. Die Jahreszahl war 1968, kein näheres Datum, nur die Jahreszahl stand dort, in schwarzen, frisch geschriebenen Zahlen...

„Oh", Horsts Stimme war belegt. „Das wollte ich nicht. Mein Gott, ist das makaber! Bitte, Franziska, das war nicht so gemeint!" Sie verließen fluchtartig den Friedhof.

Franziska hatte sich erstaunlich rasch wieder gefasst. Überhaupt hatte sie viel gelassener reagiert als ihr Mann. Doch tief in ihrer Seele begriff sie die Symbolik. 1968 – das Jahr, als sie ihre Hoffnungen auf eine bessere Zukunft der Menschheit begraben hatte...

Jahre später, als sie jenes Grab wieder suchten, war ihre Mühe vergebens.

Es war, als hätte es dieses Grab nie gegeben. Zumindest nicht in dieser Welt...

Der verlorene Brief

Sie mochte ihn nicht, diesen Bekannten ihrer Mutter. Was die an ihm fand, war ihr schleierhaft. Wie konnte sie eine Heirat mit dieser alten Jungfer in Hosen auch nur im Entferntesten in Betracht ziehen? Obwohl Mutter ihr immer wieder versicherte, dass sie Berthold nur als einen guten Bekannten betrachtete – Franziska ärgerte sich allein über den Anblick, den er bot. So etwas weiches, unmännliches – und dazu noch diese verschrobenen Ansichten... Er war die Karikatur eines Mannes.

Es war die Phase, in der Franziska für Schauspieler und Sänger schwärmte. Berthold versuchte, ihr Herz zu gewinnen, indem er auf ihre Vorlieben einging. Aber das brachte ihm beileibe nicht die Zuneigung des dreizehnjährigen Mädchens ein, dem der Anblick dieses „Waschweibs", wie sie ihn heimlich nannte, auf der Couch neben ihrer Mutter, fast schon Brechreiz verursachte.

Als sie an diesem Dienstag von der Schule nach Hause kam, warf sie im Treppenhaus einen kurzen Blick in den Briefkasten, bei dem man durch kleine Lamellen sehen konnte, ob Post gekommen war. Sie erkannte sofort den weißen Briefumschlag mit „seiner" Schrift. Er wollte also am Wochenende ihrer Mutter wieder einen Besuch abstatten und das Gästezimmer belegen! Einen Augenblick spielte sie mit dem Gedanken, klammheimlich den Briefkastenschlüssel zu holen, aufzuschließen und den Brief zu zerreißen. Schließlich konnte bei der Post einmal etwas verloren gehen!

Sie seufzte heimlich. Das würde auch nichts nutzen! Dann kam er statt dessen ein Wochenende später. Obwohl, sie wollten ja anschließend für 14 Tage wegfahren, weil die Sommerferien vor der Tür standen. Das bedeutete einen Aufschub von drei Wochen... Sie schüttelte den Kopf. Nein, das war nur ein Verzögern, aber nichts konnte diesen Typen aufhalten.

Ihre Mutter war gerade am Kochen, als sie die Wohnung betrat. „Na, wie war's in der Schule?" Die ewig gleiche Frage, auf die sie meistens die etwas einsilbige Antwort „schon recht" gab.

„Ich glaube, von Berthold ist ein Brief gekommen", maulte sie. „Sicher will er am Wochenende wieder kommen."

Mutter seufzte. „Ich hol ihn nachher." Franziska verstaute ihre Schulmappe in der gewohnten Ecke und begann, den Mittagstisch zu decken.

Wenig später saßen sie beim Essen. „Übrigens – ich habe gerade vorher in den Briefkasten geschaut. Da war aber nichts drin", bemerkte ihre Mutter.

„Aber ich habe doch ein weißes Kuvert gesehen mit Bertholds Schrift!", beharrte Franziska.

Mutter schüttelte den Kopf. „Du musst dich geirrt haben!"

Franziska zuckte die Schultern. Dann eben nicht! Sie war bestimmt nicht traurig darüber, dass sie sich getäuscht hatte!

Nach diesem, in Frieden und Harmonie, sowie der Vorfreude auf die Ferien verbrachten Wochenende erhielten sie einen Brief von Berthold mit der vorwurfs-vollen Frage, warum er auf seine Anfrage keine Antwort erhalten hatte.

„Verstehst du das?", fragte Mutter. „Wo ist der Brief geblieben? Hast du ihn etwa weg geworfen?"

„Nein", versicherte Franziska. Das konnte sie guten Gewissens sagen, denn sie war selber überrascht. „Dann hätte ich ja kaum zu dir gesagt, dass ich einen Brief im Briefkasten gesehen habe."

Das war ein unschlagbares Argument. Sie ließen die Sache auf sich beruhen und Franziska musste drei Wochen später erneut Bertholds Anwesenheit ertragen.

Auch diese Phase in ihrem jungen Leben ging vorüber. Es kam nicht zu der befürchteten Heirat, die ohnehin nur in ihren Alpträumen möglich war. Die Jahre vergingen, Franziska heiratete, ließ sich nach zehn Jahren Ehe wieder scheiden, war anschließend Single und begann, sich für Esoterik zu interessieren. Sie hatte den Vorfall von damals längst vergessen, oder besser verdrängt, bis zu dem Tag, als sich ihr Doppelbild im Fensterglas spiegelte.

Kurz danach wurde in der Öffentlichkeit über Parallelwelten diskutiert. Einmal mehr wunderte sich Franziska über die Synchronizität der Ereignisse...

Das Raumschiff der alten Götter

Es kreist da oben um die Erde...., dieses alte bizarre Raumschiff. Zwar hat es die Kugelform, von der viele reden, wenn sie ein „Ufo" meinten. Jedoch, die immer wieder beschriebenen Luken, die einigen Ufos, wie Spötter behaupten, das Aussehen einer Lampe geben, fehlen völlig.

Es ist eine riesengroße, nahezu kreisrunde Kugel, aus mittlerweile etwas glanzlosem, nicht bestimmbaren Material, unscheinbar trotz seiner Größe, die im Schatten der Erde synchron zu ihr um die Sonne kreist.

Obwohl es schon da war, als die Vorläufer der Menschen noch auf allen Vieren gingen, wusste niemand davon. Es war von „den Terranern" nie entdeckt worden, weder mit Fernrohren in früherer Zeit, noch mit den modernen Teleskopen der Gegenwart. Auch jetzt, im Zeitalter der Raumfahrt, wo unzählige von Menschenhand geschaffene Satelliten die Erde umkreisen, bemerkt es keiner der Erdbewohner. Das ist gut so, denn die Folgen für die Crew wären verheerend...

Im Innern der Raumstation herrscht Totenstille. Kein Laut, nicht einmal Wortfetzen, in welcher Sprache auch immer, würden an das Ohr eines Beobachters dringen, sollte es ihm gelingen dort einzudringen.

Da ruhen sie, auf weißen Liegen, die sich eng an ihre Körper schmiegen, bewegungslos, starr, aber ohne jemals zu verwesen. Sie sind groß, weiss, fast durchsichtig und ihre leicht fluoridzierenden Gesichter sind den Terranern nicht im geringsten ähnlich. Viele fast durchsichtige, einem Lichtstrahl gleichende Bänder, reichen hinaus in den Weltraum, hinunter zur Erde. Sie verlieren sich irgendwo zwischen den Menschen, werden vollends unsichtbar durch die vielen Lichter auf der Erde – Scheinwerferlichter der Autos und Straßenbeleuchtung, gelbe Lichter von Lampen, bläuliche von den vielen Fernsehgeräten, rote, grüne, gleißend weiße Leuchtreklamen – kein Wunder, dass man diese feinen Lichtstrahlen nicht sieht.

Aber eigentlich sind nur die Sinne der Menschen zu plump, um sie wahrzunehmen. Diese zweibeinigen Tiere haben sich in ihrer Grundstruktur nie wirklich verändert. Früher schlugen sie sich um ein Wasserloch tot, später führten sie Kriege um Rohstoffe wie Gold, Erze oder Salz, im 20. und 21. Jahrhundert um Erdöl. Nur die härtesten, verwegensten und skrupellosesten unter ihnen gewannen von alters her stets die Oberhand und damit die Macht über die anderen. Sie haben sich zwar ungeheures Wissen angeeignet, aber in ihrer Ethik und Moral sind sie nicht viel weiter gekommen als vor zehntausend Jahren, seit der letzten Eiszeit, seit dem Untergang von Atlantis. Im Gegenteil – die psychischen Fähigkeiten, die Herrschaft des Geistes über die Materie, die innere Schau, zu der die Könige der alten Völker noch teilweise fähig waren, – sie sind bei den Herrschenden der Neuzeit brutaler Machtgier gewichen. Die hervorragenden Kenntnisse der alten Zeiten über die Beschaffenheit der Energien im Kosmos – sie sind verloren gegangen, und die wenigen, die sie noch besitzen, müssen sie nicht selten vor den Anderen verbergen.

In ihrer beispiellosen Arroganz betrachten sich auf Terra die Herrschenden, allen voran jedoch die Wissenschaftler, als Nabel des Universums, als einzigartig, und begreifen nicht, dass in anderen Galaxien zahllose Intelligenzträger existieren, wesentlich älter als die Menschen von Terra, und jeder von ihnen auf seine eigene Art einzigartig. Sie, die Terraner, die noch auf der Suche nach der letzten endgültigen Wahrheit ganz am Anfang stehen, sind so vermessen, zu glauben, dass sie kurz vor dem alles entscheidenden Durchbruch, vor der Erkenntnis der Erkenntnisse stehen.

Natürlich gab es immer welche, die nicht den Weg der Materie eingeschlagen hatten. Es war geradezu faszinierend, wie die Machtmenschen sich mit ihren vielen Tricks und Finten, ihrem Einfallsreichtum und ihren technischen Erfindungen gegen ihre geistig und ethisch hochstehenden Artgenossen behaupten konnten.

Mehr als sechzigtausend Jahre sind vergangen, seitdem die Abgesandten von Deneb III mit ihrem Raumschiff in die Erdumlaufbahn gekommen sind. Sie hatten den Befehl erhalten, den Planeten Terra und das Leben darauf zu überwachen, und wenn notwendig, einzugreifen, um die Welt vor Schaden zu bewahren. Denn nicht nur Terra, sondern die ganze Galaxis wäre betroffen, wenn einer der Planeten zugrunde ginge. Wie fein das Gebilde ist, aus dem die ganze Schöpfung besteht, wissen die Terraner nicht. Sie waren seit jeher der irrigen Auffassung, dass ein

Staubkorn im Universum, wie es die Erde angesichts ihrer Größe war, nicht maßgebend für das Bestehen des Weltalls sein kann.

Aber genau darin täuschen sie sich am allermeisten. Das Gefüge, in dem sie selber tatsächlich nicht mehr als ein Hauch sind, kann gerade durch diesen einen Atemzug ins Wanken kommen. Alles und jeder ist wichtig an dem Platz, den er einnimmt.

Die wenigsten Menschen wissen, dass die Außerirdischen schon seit undenklichen Zeiten unter ihnen weilen. Es ist schließlich auch nicht ihre physische Gestalt, die auf der Erde präsent ist. Die liegt in dem einsamen Raumschiff, das um den Planeten seine Bahn zieht. Die Sinne der Erdlinge sind im Allgemeinen zu plump, um den Strahlenkranz wahrzunehmen, der hin und wieder einen Menschen umgibt. Oft nennen sie es Ausstrahlung oder Charisma, den sie bei dem einen oder anderen bewundern. Die Wirklichkeit ist jedoch noch faszinierender als sie ahnen.

Diese Eigenschaft, die ihnen so abstrakt erscheint, ist etwas völlig konkretes und hat tatsächlich mit den Verbindungen „nach oben", nämlich mit dem alten Raumschiff, zu tun.

Immer, wenn es die Lenker als notwendig erachten, bekommt eines der Geistwesen, das auf seinen Auftrag wartet, den Befehl, den Körper eines Erdbewohners zu besetzen, um den Willen des Höchsten auszuführen. Meistens sind es die Körper der Neugeborenen, die von den Wesen aus der fernen Galaxie in Besitz genommen wurden. Kinder sind formbar, sie spüren es nicht, wenn die beiden Seelen zu einer verschmelzen.

Wenn jedoch keine passende Kinderseele zur Verfügung steht, so müssen die Wesen von Deneb III mit älteren Menschenseelen Vorlieb nehmen. Die Verschmelzung mit der Seele des Menschen wird nach dessen Tod wieder gelöst. Beides sind gefährliche Augenblicke, sowohl der Beginn, wenn eines der Wesen den Menschen übernimmt, als auch die Trennung, wenn er stirbt. Hätte ein Außenstehender mit den entsprechenden Sinnen diesen Prozess verfolgt, so hätte er ein Ektoplasma erblickt, das mit dem Erdenwesen verschmilzt.

Es sind nicht immer spektakuläre Leben, die so ein Mensch dann führt. Oft sind es völlig durchschnittliche Existenzen. Es ist vielleicht nur einmal in einem Leben nötig, zur richtigen Zeit am richtigen Ort das Richtige zu tun. Es muss nicht Alexander der Große, Caesar oder Napoleon sein, der von den Außerirdischen besetzt wird. Ein einfacher Familienvater ist in der Lage, durch eine einzige, überraschende, ihm gar nicht bewusst gewordene Handlung das Schicksal einer ganzen Nation zu verändern. Der Mörder Caesars, Brutus, hat vielleicht mehr in der Geschichte bewirkt als Caesar selber. Erzbischof Talleyrand, der Napoleon zur Seite stand, hat mit seinen Ränkespielen und seiner ausgeklügelten Diplomatie letztendlich das Zünglein an der Waage im Weltgeschehen gespielt, und nicht Napoleon. Und schließlich hat weder Kaiser Wilhelm noch Kaiser Franz Josef in Wirklichkeit den ersten Weltkrieg ausgelöst. Nicht die Puppen handeln, sondern der Puppenspieler... Die Weichen werden zu einem ganz anderen Zeitpunkt, und viel unauffälliger, gestellt.

So kreist das Raumschiff der alten Götter schweigend und unbemerkt um die Erde, von niemandem gesehen und dennoch stets präsent. Seine Umlaufbahn verläuft so, dass es gesehen werden könnte, wenn die Menschen in dieser Entfernung danach suchen würden, doch der alte Grundsatz gilt auch in diesem Fall: Am Besten sind Dinge verborgen, die vor aller Augen sichtbar sind. Und die Wesen von Denneb III? Sie müssen nur geweckt werden. Doch diese Aufgabe übernehmen andere...

Jenseits des Lebens

I.

Margarethe Seltau hatte die halbe Nacht wach gelegen. Eine seltsame Unruhe hatte sich ihrer schon um zwei Uhr nachts bemächtigt. Sie bemühte sich, ihre Tochter, die neben ihr schlief, nicht zu wecken. Dennoch konnte sie nicht verhindern, dass sie sich hin und her wälzte. Ihr Herz schlug unregelmäßig, und die feuchte Kälte draußen machte ihr zu schaffen.

„Gabi", dachte sie, „sie ist mir irgendwie fremd geworden."

Sie konnte manchmal so abweisend und schroff sein. Aber natürlich hatte das Mädchen auch ihre Sorgen. Für sie würde Gabi immer „ihr Mädchen" bleiben, auch wenn ihre Tochter inzwischen schon über 60 Jahre alt war. Was war das nur für eine seltsame Beziehung zu diesem Mann, den sie schon seit so langer Zeit kannte! Die beiden hätten schon lange heiraten können, es aber scheinbar nie ernstlich in Erwägung gezogen.

Dennoch - sie war immer für ihre Mutter da gewesen. Besonders seit dem Tod ihres zweiten Mannes hatte sie sich auf Gabi und Werner, beide aus erster Ehe, ohne Wenn und Aber verlassen können. Wenn Gabi nur nicht manchmal so aufbrausend und gereizt reagieren würde. Aber sie war trotz allem eine gute Tochter...

Sie seufzte. Gabi drehte sich unwillig auf die andere Seite. Es war Margarethe peinlich, dass sie ihre Tochter offensichtlich geweckt hatte.

Gegen Morgen verfiel die alte Frau in einen unruhigen Schlaf. Als sie erwachte, war es erst halb acht. Es hatte wohl keinen Sinn mehr, im Bett zu bleiben. In sechs Tagen war Weihnachten. Am heiligen Abend würden ihre Kinder wie immer bei ihr sein. Werner war bereits gestern überraschend eingetroffen. Auch er war nicht verheiratet. Auch für ihn war es selbstverständlich, Weihnachten mit seiner Mutter zu verbringen.

Nein, sie war nicht allein. Nicht nur an Weihnachten wurde sie von ihren Kindern in alles mit einbezogen. Dankbar dachte sie an die schönen Reisen, die sie mit beiden gemacht hatte. Nächstes Jahr planten sie bereits wieder eine Fahrt in die Toskana. Margarethe hoffte, dass ihre Kräfte dafür noch ausreichen würden. Sie hatte in letzter Zeit bei jeder Anstrengung Schwäche und Atemnot verspürt. Wehmütig dachte sie an die Zeit, in der sie wie ein Wirbelwind alles erledigt hatte, was es zu tun gab. Dennoch war sie stolz darauf, dass sie ihren Haushalt immer noch ohne Hilfe Dritter bewältigen konnte.

Sie ging ins Bad, während Gabi nochmals eingeschlafen war. Als sie zurück kam, war ihre Tochter wach und sah sie entrüstet an.

„Warum bist du vor mir aufgestanden?", fragte sie, immer noch schlaftrunken.

„Ich war wach und konnte nicht mehr schlafen. Eigentlich wollte ich dich zum Semmeln holen schicken. Aber vielleicht geht Werner freiwillig."

„Na ja,", meinte Gabi. „Den kannst du allerdings um den Tod schicken. Der bleibt aus, weil auch Werner nicht zurück kommt."

Sie schmunzelten beide. Ja, Gabi hatte einen trockenen Humor, der sie immer wieder zum Lachen brachte.

Nach dem Frühstück schickte sich Gabi an, zurück nach München zu fahren. Sie hatte in ihrer eigenen Wohnung noch verschiedenes zu erledigen und einige Geschenke zu kaufen. „Aber ich bin ja in ein paar Tagen wieder da", versicherte sie ihrer Mutter.

„Ich fahre noch mit zum Bahnhof", erklärte Margarethe, während Werner in die Garage ging. Er ließ es sich nicht nehmen, seine Schwester zum Zug zu bringen. Gabi nickte ergeben. Es war unsinnig, ihre Mutter davon abzubringen, obwohl das Wetter feucht, kalt und regnerisch war.

Nun, sie würde darauf bestehen, dass Mama im Auto sitzen blieb und sie nicht bis zum Bahngleis begleitete. Bei einem solchen Wetter machte sich Gabi immer Sorgen, dass ihre Mutter wieder, wie schon einige Male, einen Anfall von Atemnot bekommen würde. „Lungenödem", war jedes Mal die Diagnose der Ärzte gewesen, die stets mit einem zweiwöchigen Krankenhausaufenthalt verbunden war.

Margarethe stieg vor dem Bahnhof aus dem Wagen, damit Gabi, die auf dem Rücksitz gesessen hatte, ebenfalls aussteigen konnte.

„Also, bis Samstag. Ich komme dann gegen Mittag. Und pass auf dich auf", sagte Gabi und umarmte ihre Mutter liebevoll. Am Eingang zur Bahnhofshalle drehte sie sich nochmals um und winkte.

„Na", schmunzelte Werner. „Das war aber jetzt ein ganz ausführlicher Abschied."

Margarethe bestand darauf, noch in der Stadt verschiedenes zu erledigen. Werner stellte besorgt fest, dass sie sich mehr anstrengen musste als sonst. Er war froh, als sie wieder zu Hause waren.

„Hast du übrigens die nette alte Dame beachtet, die neben dir im Café saß?", fragte er sie.

„Welche alte Dame?" Margarethe war erstaunt.

Werner schüttelte befremdet den Kopf. „Die alte Dame mit dem freundlichen Gesicht. Sie hat mich an Oma erinnert. Direkt neben dir ist sie gesessen."

Sie antwortete ihm nicht. Offensichtlich war ihr peinlich, dass sie sich nicht daran erinnern konnte.

Es war mittlerweile acht Uhr abends, als es klingelte. Die Bewohnerin der Einzimmerwohnung im vierten Stock stand vor der Tür und wollte wissen, ob Margarethe bereits die Heizkostenabrechnung erhalten hatte. Werner bat sie einzutreten.

„Sieh mal, wer da ist." Er wusste, dass Margarethe eine Vorliebe für die junge Frau hatte.

„Oh!" Margarethe war in der Tat angenehm überrascht. Sie stand auf, um die Abrechnung zu holen und kam mit einem dicken Aktenordner zurück. Während sie darin blätterte, unterhielt sich Werner mit der jungen Frau über die Vorzüge italienischer Weißweine, um dann aufzustehen und eine Flasche Soave zu holen.

„Den müssen Sie mal probieren", pries Werner. „Kommen Sie, trinken wir davon. Dir schadet das auch nicht," meinte er, zu seiner Mutter gewandt. Er ging zur Vitrine, um Gläser zu holen.

Die Stimmen der Beiden waren plötzlich nur noch ein undeutliches Murmeln. Das Wohnzimmer wich gleichsam vor ihr zurück und ein völlig anderes Bild erschien vor Margarethes Augen.

„Mutter, hörst du mich?" Das war Werner. Aber was redete er da? Sah er nicht, dass die alte Dame, von der er ihr noch vor einigen Stunden erzählt hatte, auf Besuch gekommen war? Jetzt erkannte sie die Frau mit den liebevollen Augen und dem strahlenden Lächeln.

Ihre längst verstorbene Mutter streckte die Hand nach ihr aus. Ein wunderbares, mildes Licht umgab sie. Sie ergriff die ihr dargereichte Hand und schaffte es, sich aus ihrem Stuhl zu erheben.

„Mama, sag doch etwas", klang Werners flehende Stimme.

„Rufen Sie sofort den Notarzt. Das ist ein rechtsseitiger Schlaganfall", hörte sie die aus weiter Ferne die Stimme der jungen Frau, die nach der Abrechnung gefragt hatte.

Margarethe griff nach der Hand, die sich ihr entgegenstreckte. „Keine Angst", sagte ihre Mutter beruhigend. Sie spürte einen leichten Widerstand, dann glitten sie gemeinsam durch die Tür, ohne sie zu öffnen und standen kurz darauf auf der Straße.

„Ich bin gekommen, dich zu holen," erklärte ihre Mutter. „In Kürze wirst du diese Welt endgültig verlassen."

„Aber ich will mich doch noch von meinen Kindern verabschieden", wandte Margarethe ein.

„Das hast du bereits. Du weißt es nur nicht", erklärte die Erscheinung. „Die Zeit für dich ist nahe. Ich zeige dir alles, was du noch sehen sollst. Noch kannst du entscheiden, ob du noch etwas bleiben oder endgültig gehen willst."

Margarethe schwebte über den Dächern ihrer Stadt. Dort unten lag der Marktplatz mit dem weihnachtlich geschmückten Tannenbaum und den vielen Lichtern des Weihnachtsmarktes. Heuer war der Christbaum besonders schön. War das nicht schon einmal so ähnlich gewesen, als Franz, ihr zweiter Mann, kurz darauf starb?

Sie wollte zurück zu ihrer Wohnung, dem Haus, in dem sie lebte. Dort im Sessel zusammengesunken saß eine alte Frau. Zu ihrer Verwunderung erkannte sie sich selber. Werner stand mit einem vollkommen ratlosen Gesichtsausdruck vor ihr. War das wirklich sie? Margarethe sah ihren Körper wie ein Kleid, das sie kurz zuvor ausgezogen hatte. Drei weiß gekleidete Gestalten, in denen sie Sanitäter erkannte, betraten das Wohnzimmer, machten sich an der leblosen Gestalt zu schaffen. Einer der dreien ging zum Telefon. Es amüsierte sie insgeheim, dass er immer wieder den gleichen Spruch aufsagte. Anscheinend fanden sie nicht gleich ein Krankenhaus, das freie Betten hatte.

Nach einer Weile schienen seine Bemühungen von Erfolg gekrönt. Man legte ihren Körper auf eine Trage. Der Mann, der die Telefonate geführt hatte, erklärte Werner, dass die Kranke nur in einer Klinik der Nachbarstadt unterkommen konnte.

Sie wollte zu ihrer Tochter. Schließlich musste sie sich von ihr verabschieden, wenn sie wirklich gehen sollte. Sie war sich nicht sicher, ob sie Gabi allein lassen konnte. Das arme Kind hatte in letzter Zeit so viel Kummer. Vielleicht brauchte sie ihre alte Mutter noch.

Sie schwebte durch die Nacht. Ihr Wunsch führte sie zu dem Haus, in dem Gabi wohnte. Sie spürte, dass sie den Lichtstrahl, der sie begleitet hatte, nutzen konnte, um in Gabis Wohnung zu kommen. Da sah sie schon ihre Tochter vor ihrem Computer sitzen. Margarethe versuchte, die unzähligen Lichtwellen des Gerätes zu nutzen. Plötzlich stand sie neben Gabi, die soeben ärgerlich versuchte, das abgestürzte Internetprogramm wieder hochzufahren. Sie schien Margarethe nicht im Geringsten zu bemerken. Ihre ganze Aufmerksamkeit war der widerstrebenden Technik zugewandt. Traurig schwebte Margarethe aus der Wohnung und sah noch, wie sich Gabi erneut ihrem elektronischen Spielzeug widmete.

Sie schwebte durch die dunkle Nacht zurück zu ihrem eigenen Zuhause. Dort suchte sie vergeblich nach ihrem Körper. Der Wunsch ihn zu finden, führte sie in eine Klinik auf einer verschneiten Anhöhe, wo sie ihren Körper in einem hell beleuchteten Behandlungsraum verbunden mit vielen Schläuchen und Kabeln liegen sah. Einer der Ärzte verließ den Raum. Kurz darauf hörte sie, wie er telefonierte.

„Sie müssen entscheiden, ob wir sie intubieren sollen oder nur künstlich beatmen."

Völlig klar hörte sie die Stimme ihrer Tochter etwas ratlos fragen, was denn die Folgen bei einer Intubation wären. Sie registrierte erleichtert, dass Gabi sich mehr oder weniger dagegen entschied. Wenigstens vorläufig. So konnte sie auf jeden Fall noch ein wenig durch die Gegend schweben.

Sie hatte das Gefühl für den Ablauf der Zeit verloren, während sie abwechselnd ihre Kinder auf den Weg in die Klinik begleitete und die Ärzte beobachtete, wie sie ihren verschiedenen Tätigkeiten nachgingen. Anschließend schwebte sie wieder über der in tiefer Agonie liegenden Gestalt.

Mit einem Mal umgab sie ein merkwürdiges Dämmerlicht. Undeutliche Gestalten tauchten auf, entfernten sich und näherten sich wieder.

„Es sind die Astralkörper derer, die noch im Diesseits leben", hörte sie eine Stimme. „Manche besitzen die Fähigkeit, sich von ihrem Körper zu lösen. Einigen ergeht es wie dir. Noch bist du nicht drüben."

Eine der Gestalten näherte sich. Sie erkannte in ihr einen Mann, der ihr vertraut war. Es war der Lebensgefährte von Gabi. Von ihr wusste sie, dass er diese Fähigkeit hatte, aber an seinen Namen erinnerte sie sich plötzlich nicht mehr. Anscheinend wollte er mit ihr reden.

„Willst du gehen oder bleiben?", fragte er.

„Ich weiß es nicht," antwortete sie etwas ratlos. „Ich habe keine Schmerzen und fühle mich viel wohler als sonst. Aber vielleicht kann ich für meine Kinder noch etwas tun. Vielleicht brauchen sie mich noch."

„Lass mich dir bei deiner Entscheidung helfen," bat der Mann. Dann fuhr er fort. „Dein Gehirn ist durch den Schlaganfall zum großen Teil zerstört. Wenn du in deinen Körper zurückkehrst, wirst du nicht mehr reden und dich nicht mehr bewegen können. Du wirst darauf angewiesen sein, dass dich Andere waschen, dich sauber halten und hin und her wenden, damit du dich nicht wund liegst. Du wirst in deinem Bett liegen und dich nicht mehr verständigen können, auch mit deinen Kindern."

Nach einer kurzen Pause fuhr er fort: „Gabi und Werner sind längst erwachsen. Sie müssen ohne dich zurecht kommen. Aber du wirst ihnen eine ungeheure Last sein, wenn du es nicht schaffst, dich zu lösen. Jetzt, in dieser Nacht, musst du dich entscheiden. Gehen – oder bleiben um den Preis, dass du ihr restliches Leben zerstörst. Auf dich wartet das Sonnenland, nach dem du dich so lange schon gesehnt hast. Ich dagegen muss noch eine ganze Weile hier bleiben. Ich beneide dich darum, dass du gehen kannst. Aber es ist letzten Endes deine Entscheidung."

Schweigend wandte sie sich um. Sie wusste jetzt, dass es kein Zurück mehr gab. Noch einmal streichelte sie das Gesicht ihrer Tochter, obwohl sie wusste, dass Gabi es nicht spürte und lächelte Werner zu. Dann verließ sie die Beiden. Gabi sah in diesem Augenblick einen leichten silbernen Schimmer. Eine Ahnung von dem, was ihre Mutter jetzt war, stieg in ihr auf.

Der Morgen dämmerte. Margarethe war wieder in der

Klinik, in ihrem Zimmer. Noch einmal sah sie den Körper, in dem sie so lange gelebt hatte, und der jetzt eine verbrauchte leere Hülle war. Das milde Licht verstärkte sich und wieder erkannte sie ihre Mutter, die sich ihr näherte. Dieses Mal hielt sie ihre ausgestreckte Hand fest und gab ihr damit zu verstehen, dass sie bereit war, endgültig aus diesem Leben zu scheiden.

„Komm mit mir", hörte sie die Stimme ihrer Mutter, so liebevoll, wie sie zu Lebzeiten nie mit ihr gesprochen hatte. „Du hast dein Leben gelebt, gut gelebt und keine Schuld auf dich geladen, die in den letzten drei Tagen nicht abgegolten wäre. Sag Lebewohl!"

Ein Ruck durchfuhr sie. Der Körper auf seinem Bett in der Klinik tat einen letzten schweren Atemzug. Dann war das irdische Leben der Margarethe Seltau beendet. Die Silberschnur war zerrissen.

In der Wohnung klingelte das Telefon. Gabi und Werner saßen beim Frühstück und planten den Ablauf des kommenden Tages. Gabi nahm den Hörer ab.

„Ihre Mutter ist heute, um sieben Uhr morgens verstorben," sagte die Stimme der diensthabenden Ärztin.

II

Was jetzt kam, war Margarethe fremd und doch vertraut. Sie wusste plötzlich, dass sie hier, in diesem Zwischenreich, schon oft gewesen war.

„Willst du dein Leben nochmals durchleben?", fragte eine Stimme. Sie kam aus ihr selber. „Ja,", hörte sie sich antworten.

Sie sah sich als winzigen Säugling, der gerade an die Brust ihrer Mutter gelegt wurde. „Ach Gott! Das arme Kind. So klein und schwach! Und sieh mal – die Zange hätte beinahe das Äuglein erwischt."

Ein Mann in Offiziersuniform beugte sich über den Säugling. Er hatte Tränen in den Augen. Sie spürte seine Erschütterung und Verzweiflung. Würde dieses schwache Geschöpf am Leben bleiben, oder sollten die dreitägigen Qualen der Geburt umsonst gewesen sein?

Sie blieb am Leben. Kurz darauf sah sie sich in einem großen, hellen Zimmer, wo sie in einem Bettchen mit spitzenverziertem weißen Kissen lag. Der Mann in der Offiziersuniform beugte sich mit einer Rassel in der Hand über sie.

„Meine kleine Gretel", hörte sie ihn zärtlich sagen.

Sie sah sich als temperamentvolles Kind, das alle Erwachsenen zur Verzweiflung brachte. Ihre Mutter hielt sie energisch fest und versuchte ihr zu erklären, dass sie jetzt brav sein müsse, weil Vater schwer krank war.

Dann wechselte die Kulisse. Sie waren in einer fremden Stadt mit ebenso fremden, teilweise gleichgültigen oder gar feindseligen Menschen. Margarethe wusste, dass sie dorthin gezogen waren, weil Vater glaubte, dass er in seiner Heimatstadt wieder gesund würde.

Doch wenig später sah sie ihn stumm und weiß auf einer Bahre liegen. Alle um in herum weinten. Nur sie begriff nicht, warum. „Dein Papa ist von uns gegangen", sagte ihre Mutter. „Aber Papa ist doch da", hörte sie sich mit dünner Kinderstimme sagen.

Auch sie selbst war oft krank. Der Doktor, ein gütiger alter Mann, schüttelte den Kopf, wenn sie wieder einmal in ihrem Bettchen lag, und ihre Mutter weinend davor stand.

Kurz nach Vaters Tod hatte sie noch ein Brüderchen bekommen. Sie liebte es über alles, auch als sie spürte, dass es ihr die Liebe der Mutter zu einem großen Teil wegnahm.

Oft tollten sie durch die große Wohnung, spielten draußen vor dem Haus. Ihre Freundinnen hatten ihren kleinen Bruder ins Herz geschlossen.

Aber Mutter war durch die Sorgen und den Kummer nach dem Tod von Vater immer wieder krank. Sie musste im Haushalt helfen, und oft blieb ihr keine Zeit, um mit den Freundinnen zu spielen. Manchmal war sie traurig darüber, und besonders traurig war sie, als ihre Mutter sie nach einem Streit zur Seite schob und keine Zärtlichkeiten mehr für sie übrig hatte. Das tat weh. Doch ihre Liebe zu ihrem kleinen Bruder verstärkte sich dadurch noch mehr. Auch er liebte sie abgöttisch, und das tröstete sie über die Kälte der Mutter hinweg.

Die Sommerferien verbrachten sie stets in der Heimat ihrer Mutter bei deren Schwester, die dort einen reichen Gastwirt geheiratet hatte. Sie spielten beide den ganzen Tag im Freien, tobten mit den etwas älteren Söhnen der Tante durch die Fluren und Felder. Sie wurden bei den Verwandten viel besser ernährt als zu Hause, und auch ihre Mutter blühte immer auf, wenn sie sich bei ihrer Schwester aufhielt.

Aus dem wilden, etwas blassen und aufgeschossenen Kind wurde ein hübsches junges Mädchen mit großen braunen Augen und braunen Zöpfen. Vor allem ihre Augen hatten es den jungen Männern angetan, die bald schon in großer Anzahl hinter ihr her schauten.

Sie erlebte ihre erste Liebe, und später dann die große Liebe zu dem jungen aufstrebenden Kollegen, der als Kaufmann, und später als Auslandskorrespondent Karriere machen würde. Doch dann kam der Krieg. Als sie heirateten, war schon das zweite Kriegsjahr angebrochen. Zuerst kam Werner zur Welt, später Gabi. Als sie mit ihr schwanger war, sah sie ihren Mann nur noch ein einziges Mal. Nach der Geburt ihrer kleinen Tochter erhielt sie die Todesnachricht.

Sie erlebte nochmals die ersten Jahre von Gabi, einem sehr lieben und anschmiegsamen, allerdings etwas ängstlichen Kind, das am liebsten bei Spaziergängen mit ihr Hand in Hand ging.

Sie erlebte den Tod ihrer Mutter, und das Heranwachsen ihrer beiden Kinder. Beide hatten in ihren Ehen kein Glück, und eines Tages waren sie wieder allein, ohne Partner und ohne Kinder.

In späten Jahren war Margarethes größter Kummer, dass sie keine Enkelkinder hatte. Aber sowohl Gabi als auch Werner kümmerten sich rührend um sie. In diesen beiden letzten Jahrzehnten ihres Lebens holte sie alle die Reisen nach, die sie vorher versäumt hatte, und immer mehr begriff sie, wie herrlich die Welt war, die Gott geschaffen hatte. Dass es einen Schöpfer gab, der sie eines Tages auch wieder zu sich holen wurde, daran zweifelte sie nie.

Und jetzt war es soweit. Sie war eingehüllt von einem reinen weißen Licht, das sie mit sich zog. Alle, die sie früher gekannt und geliebt hatte, waren, umgeben von diesem Licht, um sie versammelt, umarmten sie und hießen sie willkommen. Da war ihr heißgeliebter Bruder, der lange Zeit vor ihr gestorben war, die beiden Ehemänner, die vor ihr gegangen waren, ihre Cousinen, ihre Freundinnen aus Kindertagen und viele, viele, die aus dem Nebel der Vergangenheit auftauchten, um sie zu begrüßen. Vor allem ihre Mutter wich nicht von ihrer Seite. Sie war es auch, die sie weiter ins Licht führte.

Sie war umgeben von der Herrlichkeit der Schöpfung. Aber obwohl es die Erde zu sein schien, waren die Pflanzen, Bäume, Berge, Wiesen, Himmel, Wolken von einer so überirdischen Schönheit und Farbe, wie sie es in ihrem jetzt vergangenen Leben nie gesehen hatte. Wie blass und unscheinbar dort drüben alles gewesen war! Sie stand, schaute und staunte.

„Das ist deine Heimat", sagte ihre Mutter. „Erinnerst du dich nicht mehr daran? Hier hast du Abschied genommen von allen, die damals um dich waren. Schau dir alles an und tu, was du willst und wie dir zumute ist. Wie möchtest du denn aussehen? Du kannst dein

Alter selber bestimmen."

„Ich möchte nicht älter als achtzehn sein. Und ich möchte schöne braune Locken haben", hörte sie sich sagen. Sie spürte, wie sich ihre Haare zu Locken ringelten und sah sich selber, jung und schön, am Ufer eines Flusses stehen, dessen Wasser sanft glucksend dahin floss, ohne große Eile, aber auch nicht träge. Der Fluss war grün und klar. Sie sah unzählige silbern glänzende Fische darin schwimmen.

Sie rannte über die Wiesen wie ein junges Mädchen, das sie ja auch wieder war. Jeder Schmerz, jeder Kummer war von ihr abgefallen. Sie spürte die bewundernden freundlichen Blicke der jungen Männer. Keine Begierde funkelte in deren Augen, sondern Freude und Bewunderung.

„Ich möchte reisen, nichts als reisen", dachte sie. Und es war so, wie sie es sich wünschte. Sie schwebte durch Landschaften von überirdischer Schönheit, über blaue und violette Berge, über Hügel von einem frischen Grün, wie sie es im Diesseits nie gesehen hatte. Rinderherden und Schafherden auf der Weide wechselten einander ab. Sie sah die Berge des Himalaja mit ihren endlosen Schneefeldern, Felsen, die in allen Farben leuchteten, die Wüsten Arabiens und die Savannen Afrikas. Unzählige Gebirgsketten, die sich aneinander reihten wie Perlen an einer Schnur und weite Ebenen wechselten einander ab.

Von Zeit zu Zeit – aber was spielte Zeit noch für eine Rolle? – traf sie den Astralwanderer, der sie überredet hatte, alles hinter sich zu lassen. Er übermittelte ihr noch einige Fragen ihrer Kinder, die nur sie beantworten konnte. Einige Male fanden sie die notwendigen Schriftstücke nicht, oder irgendwelche Gegenstände, die sie brauchten. Sie versuchte darauf zu antworten, aber es fiel ihr immer schwerer.

Einmal sah sie Werner traurig in dem Sessel sitzen, der einst ihr Lieblingsplatz gewesen war. Auf dem Tisch vor ihm brannte eine Kerze. Er stand auf, nahm sie, um sie offensichtlich woanders hinzustellen. Mitgefühl stieg in ihr auf. Begriff er denn nicht, dass sie um ihn war, wann immer er sie rief? Wie konnte sie sich mit ihm verständigen?

Sie hatte sehr schnell gelernt, einen Luftzug zu erzeugen. Als Werner mit der brennenden Kerze durch den Raum ging, stellte sie sich vor, sie auszublasen. Ein kurzer, aber für Werner hörbarer Hauch ließ sie verlöschen.

„Aber Mutti!" Dieser Ausruf kam aus den unbekannten Tiefen seines Bewusstseins, doch Margarete fühlte, dass er verstanden hatte. Später würde er diesen Vorfall immer wieder Gabi erzählen...

Ab und zu besuchte sie ihre alte Heimat, das Dorf am Bodensee, in dem sie so viele Jahre ihres Lebens verbracht hatte. Irgendwann war ihre Beerdigung, das heißt die Beisetzung ihrer Urne. Die Neugierde trieb sie, dabei zu sein, wie Angehörige, Verwandte und Bekannte, die „drüben" geblieben waren, sich vor dem Grab versammelten, in das man ihre Urne hinabsenkte. Sie war zufrieden. Gabi und Werner hatten für einen würdigen Abschluss ihres Lebens gesorgt.

Es war ein Winter, der ein Sommer war. Jetzt, im Januar, begannen schon die Blüten an den Zweigen aufzubrechen. Sie sah das Fenster ihrer Wohnung, die jetzt für sie im Jenseits lag. Die Pflanzen, auch die kleinen stachligen, mussten dringend gegossen werden. Sie sagte es dem Astralwanderer, der sie immer wieder fragte, ob sie noch etwas mitteilen wolle. Er versprach ihr, Gabi oder Werner darauf aufmerksam zu machen. Dann flog sie wieder weiter, hinein in das goldene Licht in all seiner Schönheit.

Sie stellte sich vor, wie schön es wäre, wenn sie einen Begleiter hätte und dachte an einen Hund, eine Mischung zwischen Beagle und Jagdhund. Schon stand er neben ihr. Sie streichelte über sein weiches Fell, kraulte ihn hinter seinen langen Schlappohren. Er genoss es ganz offensichtlich, leckte ihre Hand und trabte an ihrer Seite dahin. Sie war glücklich, ihn bei sich zu haben und nannte ihn Schnuppsi.

Eine kurze Erinnerung an den Langhaardackel, den sie einst besessen hatte, stieg in ihr hoch. Aber die Liebe und Anhänglichkeit des Hundes, der sie jetzt begleitete, war nicht zu vergleichen mit dem Hund im Diesseits, das für sie immer mehr zum Jenseits wurde. Hier waren alle Gefühle rein, ohne Hintergedanken oder unlautere Absicht. Auch die Tiere kamen und ließen sich streicheln, weil sie es gerne mochten und nicht, weil sie auf Leckerbissen hofften.

Sie dachte an einen winzigen goldbraunen Hund mit langen Schlappohren, den sie einmal gesehen hatte. Kurz darauf hörte sie ein dünnes Fiepen, und da kam er auch schon auf sie zu: Ein höchstens zwei Monate alter goldfarbener Spaniel, der plötzlich über seine Ohren, die in keinem Verhältnis zu seinen noch kurzen Beinen standen, stolperte.

Margarethe lachte, wie schon lange nicht mehr. Sie wusste, dass der Kleine sich nicht weh getan hatte. Es sah jedoch so komisch aus, wie er da platt auf der Erde lag, während sein kleiner Schwanz wedelte, dass sie nicht anders konnte, als von Herzen zu lachen.

Schnuppsi schnupperte neugierig an dem Neuen. Dann sah er sie an und im Blick seiner großen rehbraunen Augen stand die stumme verwunderte Frage: „Und das soll auch ein Hund sein?"

Dann trollte er sich wieder an ihre Seite. Margarethe nahm den kleinen Hund hoch, und sie setzten ihren Weg fort. „Jetzt ein Haus, in dem man sich aufhalten und auch mal ausruhen kann", wünschte sie sich. „Aber es sollte schon am Meer sein", fügte sie hinzu.

Sie stand plötzlich an einem Meer, schöner und blauer als das Mittelmeer, das sie so geliebt hatte. Goldene und silberne Lichter huschten über das Wasser, dessen Wellen sich nur leicht kräuselten, eine unendliche Wasserfläche, die nichts bedrohliches an sich hatte, aber dem Auge gut tat. Sie atmete tief ein. Der Hund „Schnuppsi" hechelte leicht und sah sie aufmerksam an, während der kleine Welpe sich auf ihrem Arm behaglich einrichtete und nur hin und wieder einen verschlafenen Blick zum Meer richtete.

Sie erblickte in kurzer Entfernung eine Villa. Zwischen vier schlanken Säulen an ihrer Frontseite trat man in eine tempelähnliche Halle. Sie durchquerte sie, um das Haus zu betreten. Die Räume waren mit schönen in zeitlosem Stil angefertigten Kirschbaum-Möbeln ausgestattet. Schränke waren nicht notwendig, dafür waren reichlich Ruhebetten und Sessel vorhanden. Sie streckte sich auf einer Ottomane aus, nachdem sie den kleinen noch namenlosen Welpen in ein Körbchen neben sich legte, während sich Schnuppsi zu ihren Füßen ausstreckte. Zum ersten Mal seit langer Zeit – wie ihr schien – hatte sie das Bedürfnis, innezuhalten, zu schlummern und sich dem wohligen Gefühl der Müdigkeit hinzugeben.

Als sie genügend geruht hatte, beschloss sie, die herrliche Sicht auf das Meer zu genießen. Liebe und Dankbarkeit umgaben sie, und sie wusste, dass dies alles ihr eigentliches Zuhause war. Die Liebe der Quelle allen Seins erfüllte sie, und gleichzeitig wusste sie, dass sie noch weiter von diesem Licht, das schöner als jedes Sonnenlicht war, angezogen würde, bis sie ganz darin aufging.

Doch zuvor hätte sie noch gerne gewusst, wie es mit ihren Lieben, die sie zurückgelassen hatte, weiterging. Aber wollte sie es wirklich wissen? Sie sandte Impulse der Liebe in ihre Richtung. Da sah sie Gabi in ihrem Wohnzimmer sitzen und ein Buch lesen. Sie strich ihr leicht über das schon ergraute Haar. Wie viele Jahre musste sie noch auf der anderen Seite des Daseins verbringen? Fünf Jahre? Zehn Jahre? Das waren alles so kurze Zeitspannen, die sie in Anbetracht der Ewigkeit nicht mehr einschätzen konnte. Dieses Mal schien Gabi die Berührung gespürt zu haben. Sie fasste leicht mit der Hand nach ihrem Haar. Beinahe hätte sie die unsichtbare Hand ihrer Mutter fassen können, aber sie glitt durch sie hindurch.

Werner sehnte sich noch stärker nach ihr als ihre Tochter. Schließlich war er in den letzten Jahren auch am meisten in ihrer Nähe gewesen. Dass sie sich immer weiter von ihren Lieben entfernte, stimmte ihn traurig.

Sie beschloss, ihm ein Zeichen zu geben. Auf der Kommode lagen immer noch ihre Handschuhe, an der gleichen Stelle wie damals, als sie gegangen war. Sie wünschte sich, dass diese Handschuhe vor der Wohnungstüre liegen sollten. Es geschah so nach ihrem Wunsch. Da lächelte sie spitzbübisch und kehrte wieder zurück in ihr Haus am Meer.

Margarethe spürte, dass dies einer der letzten Besuche in ihrer alten Wohnung war. Sie war mittlerweile verkauft worden, und ihre Kinder würden sie binnen Kurzem ausräumen. Nichts würde dann noch auf ihre ehemalige Existenz hinweisen. Aber Margarethe spürte kein Bedauern, denn sie wusste, dass es gut war... Sie war zu Hause angekommen.

Traumland

Er lag im Bett und konnte nicht schlafen. Seine Gedanken kreisten um den vergangenen Tag. Die tägliche Routine der Büroarbeit machte ihn nicht physisch, sondern psychisch fertig. Er war fremdbestimmt, durfte nichts selber entscheiden. In allem hatte er seine Vorgaben und Bestimmungen. Danach richtete sich sein ganzer Tagesablauf, nicht nur seine Arbeit.

Durch seine Arbeit war sein Tagesablauf genau reglementiert – er konnte endlos aufzählen, wie über ihn bestimmt wurde. Im Grunde gab der Computer den Takt an. Ihm mussten sie sich noch mehr unterwerfen als den Richtlinien der Firma.

Oft dachte er an frühere Zeiten, die er selber nicht mehr erlebt hatte. Damals gab es den Bauern, die Tagelöhner, die Handwerker, eingeteilt in Lehrling, Geselle oder Meister. Es gab die Schreiber in den Amtsstuben, die Kaufleute und ihre Gehilfen. Dann den Adel und den Klerus. Man konnte über die alte Welt viel negatives sagen, aber auch der kleinste Maurerlehrling wusste, an welchem Gebäude er mit zu bauen half, so wie auch der Bäckerlehrling keinen Zweifel hatte, wie der Teig beschaffen war, den er knetete. Auch ein Tagelöhner bei den Bauern kannte den Zyklus des Jahres und die Arbeiten, die getan werden mussten.

Und wie war das heute? Ein Arbeiter in der Fabrik stand am Fließband und sein Anteil am großen Ganzen war so gering, dass er keine Ahnung vom Gesamtablauf der Fertigung hatte. Und in den Büros war die Arbeit so spezialisiert, dass jeder nur seine eigene Aufgabe kannte und nur über den kleinen Teilbereich Bescheid wusste, in dem er beschäftigt war. Arbeitsteilung, Teamarbeit, das klang wunderbar, entfernte den Menschen jedoch immer mehr von seiner wahren Bestimmung.

Er seufzte. Die Abteilungssekretärin hatte den größeren Überblick über die Vorgänge in der Firma als er. Was half es ihm, dass er das Doppelte von dem verdiente, was sie am Monatsende nach Hause trug? Sicher, er hatte die volle Verantwortung für seinen Teil der Arbeit, aber natürlich nur im Rahmen der Bestimmungen.

Er verfiel in einen Dämmerzustand zwischen Schlafen und Wachen. Hinterher würde er behaupten, dass er die ganze Nacht wach gelegen hatte. Das entsprach natürlich nicht ganz der Wahrheit. In Wirklichkeit war sein Schlaf so leicht, dass er beim geringsten Geräusch wieder aufwachte.

Nur wenige wussten, dass es Menschen gab, die ihren Körper verlassen konnten. Schon vor längerer Zeit hatte sich diese Fähigkeit ohne sein Zutun entwickelt. Nie hatte er mit jemandem darüber geredet. Er war jedes Mal über sich selbst erstaunt, wenn er plötzlich über seinem Körper schwebte, die Wände und Mauern durchdrang und durch die Straßen flog. Er spürte den Wind, sah alles, was „da unten" vor sich ging aus der Vogelperspektive. „Astralwandern" nannten Eingeweihte diese Fähigkeit, denn der physische Körper blieb zurück und der Astralkörper, auch Geistkörper genannt, flog oder wanderte umher.

Zu Beginn seiner nächtlichen Ausflüge war er auf die Idee gekommen, heimlich seine damalige Freundin zu besuchen. Als er ihr am nächsten Tag schilderte, wie ihr Zimmer aussah, war sie schrecklich wütend geworden, weil sie glaubte, dass er ihr heimlich nachspionierte. Wie hätte sie auch wissen können, welche Möglichkeiten ihm gegeben waren! Von da an beschloss er, niemandem jemals ein Wort von seinen Astralreisen zu erzählen. Er durchstöberte Buchhandlungen und Bibliotheken, Antiquariate und Flohmärkte, um Bücher zu finden, die über solche Phänomene berichteten. Beim Thema „Grenzwissenschaften" war er auf Bücher gestoßen, in denen ähnliches, wie er es erlebt hatte, geschildert wurde. Anscheinend war er aber ein Naturtalent, denn die meisten lernten erst nach jahrelanger Meditation und transzendenten Übungen, wie man es schafft, seinen Körper zu verlassen.

Streng schulwissenschaftlich gesehen war eine solche Erfahrung reine Einbildung, die Halluzination eines kranken Gehirns. Menschen wie er gehörten nach deren Ansichten der selbst ernannten „Fachleute" in psychiatrische Behandlung. Solche Meinungen empörten ihn. Er konnte sich nicht vorstellen, dass er geisteskrank war – und schließlich schadete er niemand mit seinen astralen Wanderungen.

Im Lauf der Zeit merkte er, wie beweglich er ohne seinen physischen Körper war. Seine Ausflüge führten immer weiter in die Ferne und wurden für ihn zu einem zweiten Leben. Inzwischen hatte er alle Länder der Erde gesehen, unzählige Male Freunde und Bekannte heimlich besucht, um zu wissen, was sie so in ihrer Freizeit trieben. Unzählige Wohnungen und das Innere vieler Häuser hätte er beschreiben können. Er war aber auch an die Grenzen seiner Fähigkeiten gestoßen, denn eines Tages – er hatte mittlerweile beschlossen, immer höher zu fliegen, um sich die Erde von oben anzusehen – prallte er gegen eine unsichtbare Mauer, die ihn recht unsanft in seinen Körper zurück katapultierte. Am nächsten Tag war er völlig gerädert zur Arbeit erschienen, nicht ohne sich dem Spott seiner Kollegen auszusetzen, die eine ausschweifende Nacht vermuteten.

Einige Zeit verzichtete er darauf, weitere Ausflüge zu unternehmen. Doch irgend wann hatte er seinen Schock überwunden. Schließlich war es gut, wenn man seine Grenzen kannte. Es war die Zeit, als er begann, sich für ausgestorbene Völker und untergegangene Kulturen zu interessieren. Besonders diejenigen hatten es ihm angetan, von denen man wenig wusste. Noch mehr faszinierten ihn solche, die eines Tages einfach lautlos von der Weltbühne verschwunden waren.

Immer mehr stieg die Sehnsucht in ihm auf, einmal, nur einmal die ferne Vergangenheit zu erleben. Wie waren die Menschen damals wirklich, wie ihre Sitten, Gebräuche, wie verhielten sie sich, wie gingen sie miteinander um? Waren sie wirklich so barbarisch wie manche behaupteten? Aber wie konnte er zu ihnen gelangen?

Er war sich immer noch nicht bewusst, dass sein Geist so frei war, dass er sich nicht nur wünschen konnte, wohin, sondern auch zu welcher Zeit er dort sein wollte. Irgend wann jedoch war sein Verlangen so stark, dass er es in seinem Inneren aussprach. „Ich möchte zurück in die Vergangenheit der Länder am Mittelmeer, noch bevor die Griechen kamen." Vor seinem geistigen Auge sah er eine riesige glänzende Wasserfläche, auf der sich ab und zu die Schaumkronen kräuselten. Das Licht der Sonne spiegelte sich im Wasser so, wie es auch heute noch war. Doch auf dem Wasser kreuzten hölzerne Schiffe mit Segeln, wie er sie noch nie gesehen hatte. Sie waren quadratisch und so bunt, so schreiend, dass es für seinen Geschmack fast barbarisch anmutete. Als er über dem Land schwebte, sah er Häuser in allen Formen und Größen, von den prächtigen Bauten der Reichen bis zu den niederen Hütten der Armen. Doch auch diese waren sauber, umgeben von kleinen Gärten und liebevoll mit Blumen geschmückt. Fast alle Siedlungen waren auf Hügeln gebaut. Reich bestellte Felder, durchzogen von Wassergräben, erstreckten sich in den Ebenen dazwischen.

Er wusste nicht, warum ihn gerade diese Landschaft so anzog. Sie war kultiviert, aber alles wirkte so natürlich, dass man glauben konnte, die Pflanzen wären aus eigenem Antrieb so gewachsen. Nur die terrassenartig angelegten Hügel wiesen auf menschliches Eingreifen hin.

Die Häuser waren nach menschlichem Maß gebaut. Das galt besonders auch für die Häuser der Reichen, selbst der Herrschenden. Nur die Statuen auf den Dächern der Paläste und Tempel wichen von diesem Grundsatz ab.

Aber was ihn noch mehr faszinierte, waren die Menschen, die er erblickte. Sie waren schön. Ihre Haut war von der Sonne gebräunt, wenn auch die Frauen anscheinend bemüht waren, sich vor allzu grellem Sonnenlicht zu schützen. Ihre Haare waren zum großen Teil tiefschwarz, wenn auch ab und zu ein dunkleres Rot oder Kastanienbraun dazwischen auftauchte. Selbst die älteren unter ihnen schienen ihr gutes Aussehen zu pflegen, wenn er auch zugeben musste, dass die Frauen nach seinem Geschmack zu sehr geschminkt waren und die reicheren unter ihnen zu viele Halsketten, Ringe, Armreifen und dergleichen aus funkelndem Gold trugen.

Wie war es möglich, dass in einem Land vor der geschichtlichen Zeit so viel Schönheit und Reichtum zu finden war? Die offizielle Geschichtsschreibung im Mittelmeerraum begann mehr oder weniger mit den Griechen und Römern. War er vielleicht in Babylon gelandet? Nein, das war nicht die flache Landschaft des Zweistromlandes. Die Hügel und Berge waren unverwechselbar in Griechenland, Spanien, vielleicht auch in Italien zu finden. Er beschloss, nicht weiter darüber nachzudenken, denn immer, wenn er zu sehr solchen Gedanken nachhing, landete er wieder in seinem Körper, in seinem Bett und fühlte die Schwere seiner irdischen Existenz.

Oft konnte er es kaum erwarten, dieses Land seiner Träume zu besuchen.

Vor allem die Menschen faszinierten ihn. Mittlerweile

hatte er gelernt, auf ihre Sprache zu achten, auch wenn er sie nicht verstehen konnte. In seinen Ohren klang sie angenehm mit ihren vielen Vokalen und der fremdartigen Betonung.

Musik ertönte in den kleinen und großen Orten den ganzen Tag. Sie klang zwar ebenso ungewohnt wie die Sprache der Menschen, aber sie verzauberte ihn auf eine ganz besondere Art und versetzte ihn so sehr in ihren Bann, dass es ihm schwer fiel, sich davon zu lösen. Überhaupt schienen Musik und vor allem der Tanz eine große Rolle in ihrem Leben zu spielen.

Am meisten mochte er die Reigen, die an den schönsten Plätzen in freier Natur stattfanden. Nirgends war es so zauberhaft wie auf den Lichtungen der dichten Wälder, aus denen immer wieder die roten Felsen aufragten, wenn dort die schönen Frauen dieses fremdartigen Volkes, begleitet vom Spiel der Syrinx und der Doppelflöte, ihre Tänze aufführten.

Diese Tänze waren kein Spiel zwischen Männern und Frauen, kein Werben um die Gunst einer Braut. Sie sollten auch keinen Mann locken oder gar verführen. Sie waren Zwiesprache mit den Göttern, ein Verschmelzen mit der anderen Welt. Nichts war so beredt wie das Spiel der Hände, der Finger. Er, der sich immer für fremde Kulturen interessiert hatte, begriff, dass diese Gesten eine längst vergessene Art von Mudra waren, Riten, die vielleicht bei den Kelten ähnlich gewesen waren, aber älter, viel älter...

Immer schwerer fiel es ihm, dieses Land zu verlassen. Nur der Gedanke an seinen Körper, der starr und nahezu bewegungslos auf ihn wartete, ließ ihn immer wieder zurück kehren. Er fehlte ihm bei seinen Besuchen. Er fühlte sich unvollständig, konnte er doch letzten Endes seinen Aufenthalt nie ganz auskosten. Es fehlten die Gerüche, die Kommunikation mit den Menschen. Nie würde er ganz erfassen, wie das Leben dort wirklich war, wenn er nicht in seinem Körper das alles erleben konnte.

Dennoch musste er sich zurückhalten, um nicht jeden Abend dieser Welt einen Besuch abzustatten. Sein Leben in der Realität erschien ihm immer öder, armseliger und eintöniger. Dazu kamen die ärgerlichen Rivalitäten und Intrigen zwischen seinen Kollegen, von denen auch er nicht verschont blieb. Ihre Themen erschienen ihm oberflächlich und banal. Kein Wunder, denn wie sollte er ihnen erzählen, was ihn wirklich bewegte und was abends sein liebster Zeitvertreib war!

So wurde er immer mehr Bewohner einer Welt, die zwar nicht die seine war, aber ständig mehr Macht über ihn gewann.

In manchen kritischen Augenblicken wurde er an einen selbst lernenden Computer erinnert, der immer mehr Erfahrungen sammelte und letztendlich sich immer wiederholende Handlungen in sein Programm aufnahm.

Es wurde ihm nicht nur immer leichter, seinen Körper zu verlassen, sein zweites Ich schlug schon wie von selbst den Weg in das unbekannte Land ein. Das änderte sich nicht, als er erkannte, dass auch in diesem Paradies Schlangen hausten. Es gab, wie in alter Zeit üblich, Sklaven, die teilweise grausam behandelt wurden.

Prügelstrafen und auch Hinrichtungen waren keine Seltenheit. Sie wurden als selbstverständlich hingenommen und den damit verbundenen Grausamkeiten begegneten die Menschen mit befremdendem Gleichmut.

Solche Szenen lernte er jedoch zu meiden. Er flüchtete sich in die herrliche Landschaft, zu den Tänzern und Musikanten, von deren Flötenklängen er nicht genug bekommen konnte.

Kurz vor Weihnachten geschah es dann. Die Firma sprach betriebsbedingte Kündigungen aus. Einer der Ersten, die es traf, war er. Die Geschäftsleitung hatte die Wahl getroffen unter denen, auf die am leichtesten verzichtet werden konnte, weil sie noch keine zehn Jahre bei der Firma beschäftigt waren und deren Arbeit am ehesten, wenn auch zu Lasten der Anderen, aufgeteilt werden konnte.

Er vernahm die Worte des Vorgesetzten wie von weiter Ferne kommend. Es betraf ihn nicht. Wenigstens nicht im Innersten. Es ging ihn nichts an, obwohl er mit seinem rationalen Verstand sehr wohl wusste, dass jetzt nichts als Unannehmlichkeiten auf ihn zukommen würden.

Der Gang zum Arbeitsamt, das stundenlange Warten, die fruchtlosen und erfolglosen Bewerbungen... Was half es, dass ihm eine Abfindung von 10 000 Euro gewährt wurde? Dieser Betrag wäre schnell aufgebraucht. Er schätzte, dass er, um nicht in die Miesen zu kommen, spätestens nach einem halben Jahr einen halbwegs vernünftigen Job finden musste. Seine Zwei-Zimmer-Wohnung in einer der teuersten Städte

Deutschlands verschlang einen großen Teil seines nicht gerade üppigen Gehaltes.

Er stieg in seinen VW Golf, der noch nicht ganz bezahlt war. Vermutlich konnte er ihn vorerst behalten. Sollte er nicht zuerst Urlaub machen? Aber wohin sollte er reisen?

Nach einem Abendessen im Restaurant um die Ecke, bei dem ihm einige ebenfalls geschasste Kollegen Gesellschaft leisteten und über ihre Misere lamentierten, kehrte er in seine stille einsame Wohnung zurück.

Warum sollte er Urlaub machen, wenn er selber ohne Flugzeug in ein Land fliegen konnte, wohin niemand von denen ihm folgen konnte, die ihn tagsüber mit ihren Banalitäten belästigten und ärgerten?

Besonders ein Ort hatte es ihm angetan. Ihn würde er noch heute Abend besuchen. Eine grüne Hochfläche, umgeben von Felsen, von denen ein kleiner Wasserfall in einen fast kreisrunden See stürzte, dessen Wasser von einem leuchtenden Blau war. Das war sein Arkadien, hier würde er sich künftig vorwiegend aufhalten.

Als er dieses Mal dort ankam, sah er sie. Drei Männer und eine weiß gekleidete Frau.

Sie opferten in einem fremdartigen, nie gesehenen Ritual den Göttern, so viel verstand er. Während der Opferrauch aus einer bronzenen Schale, die auf einem Dreifuß stand, empor stieg, bliesen zwei der Männer in merkwürdig geformte Hörner, die einen vollen dunklen Klang erzeugten. Eine schöne dunkelhaarige Frau führte eine Doppelflöte an ihre Lippen, während ein älterer bärtiger Mann, anscheinend der Oberpriester, der einen schwarzen Umhang über sein weißes Gewand geworfen hatte, sich mit einem Gruß an die Götter wandte. Dabei hielt er den linken Arm ausgestreckt, die Hand senkrecht nach oben. Mit dem anderen Arm führte er seine Hand, mit den Fingerspitzen nach vorne gerichtet, an seine Stirn. Einen solchen Gruß hatte der Astralwanderer außer in dieser fremden verzauberten Welt noch nie gesehen. Erst als der Rauch der Opfergabe verflog und der letzte Klang der Flöten und Hörner verhaucht war, kehrte er wieder zurück in seine nüchterne, immer feindseliger erscheinende Welt. Heute war es ihm besonders schwer gefallen, sich zu lösen. Er erwachte in seinem einsamen Bett, versuchte noch einmal die Eindrücke der vergangenen Reise festzuhalten und schlief ein.

Am folgenden Tag lief er wie in Trance durch die Straßen der winterlichen Stadt, vor deren Geschäften und Kaufhäusern schon die ersten Lichterketten das kommende Weihnachtsfest ankündigten.

Weihnachten – als Kind hatte er dieses Fest geliebt, aber seitdem seine Mutter gestorben war, war ihm die Freude daran vergangen. Seine letzte Freundin hatte ihn zu ihrer Familie mitgeschleppt, wo er am ersten Weihnachtsfeiertag die Flucht ergriffen hatte. Er hatte nichts für die Geschenkorgie übrig, die bei den meisten Leuten im Vordergrund ihres Verständnisses von Weihnachten stand. Da blieb er lieber an diesen Tagen allein. Jetzt aber graute ihn plötzlich vor der Einsamkeit, vor den Tagen danach... Sollte er doch lieber verreisen?

Schönes unbekanntes Land, in das er am Abend so oft flüchtete! Ach, könnte er nur **dort** sein, unter den schönen Menschen, die in einer unverbrauchten Natur lebten, wo der Himmel noch seine ursprünglichen Farben hatte – vom strahlend klaren Blau bis zum Grau der Gewitterwolken, die sich an Sommertagen manchmal auftürmten.

Und dann die Pferde, die in seiner Welt bei jedem Turnier Aufsehen erregt hätten mit ihrem schlanken und doch kräftigem Wuchs, den wehenden Mähnen und dem lebhaften Blick der Augen. Schnell und temperamentvoll waren sie, genauso wie die zierlichen lebhaften Frauen mit ihren schwarzen Haaren und den dunklen mandelförmigen Augen. Was waren das für Menschen, was für ein Volk, das ihn so magisch anzog, dass er bei seinen Reisen in die Anderswelt immer wieder dort landete?

Die Arbeit in den letzten Tagen seines Jobs wurde immer mehr zum Alptraum. Er erkannte die Sinnlosigkeit dessen, was er den ganzen Tag tun musste, in voller schonungsloser Klarheit. Wie erbärmlich! Seine Tätigkeit war so wenig wichtig, dass sie ohne weiteres als Nebenprodukt irgend einem anderen Mitarbeiter aufgetragen werden konnte! Er ertappte sich dabei, wie er vor sich hinstarrte und seine Gedanken auf die Reise in schönere Gefilde schickte.

Dann war es vorbei. Er packte seine restlichen Sachen, seine wenigen privaten Habseligkeiten, die er in die Bürowelt mitgenommen hatte, und verließ das Gebäude ohne Abschiedsgruß. Dass dies eine äußerst unfreundliche Geste war, ließ sich nicht leugnen. Aber er war der hohlen, fruchtlosen Worten müde. Der Gedanke, künftig Bewerbungen zu schreiben, um wieder einen ähnlich sinnlosen Job zu ergattern, erregte in ihm einen solchen Widerwillen, dass ihn der Ekel packte und ihn hinaustrieb in die graue diesige, wenig erstrebenswerte Alltagswelt der großen Stadt.

Was war Weihnachten für ihn? Die Geburt des Erlösers – welches Erlösers und von welchen Übeln hatte er diese schäbige Welt erlöst? Viel mehr war dieses Weihnachten von Alters her das Fest des Lichtes, der Wintersonnenwende gewesen. Der Sieg der Sonne war gefeiert worden, einer Sonne, die künftig wieder an Kraft und Stärke zunehmen würde. Das war der ursprüngliche Sinn von Weihnachten. Wenn, dann würde er dieses, alljährlich wiederkehrendes Ereignis feiern und kein anderes...

Er legte sich auf die Couch, um sich zu entspannen.

Es kam wie von selbst. Er verließ seinen Körper, und mit traumwandlerischer Sicherheit im wahrsten Sinn des Wortes fand er den Weg zu „seinem" Volk, in „sein" Land.

Aber etwas war dieses Mal anders. Die Menschen schienen plötzlich Notiz von ihm zu nehmen. Sie kamen auf ihn zu, sprachen zu ihm, und zu seinem größten Erstaunen verstand er die Worte.

Eine zierliche, feingliedrige Frau trat zu ihm, richtete ihre schönen, dunklen, leicht schräg blickenden Augen auf ihn und sprach: „Sei gegrüßt, Fremder. Wenn du willst, werden wir dich hier bei uns aufnehmen und du sollst hier eine neue Heimat finden."

Er hatte längst aufgehört sich zu wundern. So, wie es war, so war es richtig. Endlich war er angekommen.

Sie fanden ihn erst nach Tagen, als sein Kollege, der künftig seine Arbeit mit übernehmen sollte, noch einige Fragen an ihn hatte und ihn telefonisch nicht erreichte. Da kein Lebenszeichen von ihm kam, klingelten sie an seiner Wohnungstür, wo sich Zeitungen und Werbesendungen stapelten und Unheil ahnen ließen.

Sie brachen das Schloss auf und traten in das kleine Wohnzimmer. Ein unangenehmer Geruch umfing sie. Er verursachte Brechreiz, der sie noch einige Zeit hinterher quälte.

Sein Gesicht, obwohl bereits von angehender Verwesung gezeichnet, trug dennoch den Ausdruck des Friedens und des Glücks.

Meinen besonderen Dank
möchte ich auf diese Weise nochmals
meinem Lebensgefährten Peter aussprechen,
der mich bei allen meinen Büchern
stets ermutigt und motiviert hat.
Außerdem ist er der beste Lektor,
den man sich wünschen kann.

Bisherige Bücher von Franziska Rechperg:

Die etruskische Verschwörung
Band I: Das Erbe der Lukumonen
ISBN-Nr. 978-3-8370-2928-4
Preis 13,90
198 Seiten
Verlag: BOD Norderstedt

Italien, 3000 v.Chr.:
Auf der Suche nach
einer neuen Heimat fin-
den die aus Kleinasien
kommenden Stämme
der Tyrrhener ein dünn
besiedeltes Land im
nördlichen Mittelmeer.
Als sie sich dort nieder-
lassen wollen, entdek-
ken sie unter der Erde
ein weit verzweigtes
Höhlensystem, das be-
reits seit langer Zeit
den Priestern der älte-
sten Gottheit als Zu-
fluchtsort dient.

Dies ist die Geschichte vom Aufstieg und Niedergang
jener Familien, durch deren Taten sich das Schicksal
der Tyrrhener erfüllte. Gleichzeitig ist es die Geschichte einer Verschwörung, die fast so alt ist wie die
Menschheit.

Die etruskische Verschwörung

Band II:
Die zweite Ebene
ISBN-Nr. 978-3-8370-2945-1
Preis € 20,80
352 Seiten
Verlag: BOD Norderstedt

Maremo – ein kleines
Dorf im Latium, 2000
n.Chr.: Es beginnt ganz
harmlos – zwei deut-
sche Touristen, Fran-
ziska und Alex, lachen
über das verwitterte
Holzschild des örtli-
chen Heimatvereins.
Plötzlich ist das Schild
verschwunden, und
niemand will es gese-
hen haben...

Die beiden Deutschen
werden mit einem
Selbstmord konfron-
tiert, mysteriöse Unglücksfälle ereignen sich, und in
Vollmondnächten tauchen wie aus dem Nichts ge-
heimnisvolle Mönche auf. Auf einem Stein in der
Mauerbrüstung ist von Zeit zu Zeit die Zeichnung
eines geheimnisvollen Labyrinths zu sehen, die wie
durch Geisterhand verwischt wird.
Von der grauen Vorzeit bis hinein in unsere Gegenwart
ranken sich die Geschichten um Maremo, sowie seiner
Höhlen und Gänge tief unter der Erde. Die Einwohner

wissen davon, bewahren jedoch Stillschweigen.

Erst als Franziska in Lebensgefahr schwebt und ihre besten Freunde ermordet werden, beginnt sich ein Geheimnis zu offenbaren, das seit Jahrtausenden in der Erde Etruriens schlummert.

Bereits 2004 erschienen:

Magisches Etrurien
Liebeserklärung an ein unbekanntes Italien
Erscheinungsjahr 2004
ISBN-Nr.3-8334-0348-9
Preis € 11,80
176 Seiten
Verlag: BOD Norderstedt

Franziska Rechperg schildert
in ihrem Erstlingswerk liebevoll
ihre Erlebnisse im alten
Etruskerland, nördlich von Rom.

Ihre Geschichten sind manchmal
skurril, einige Male unheimlich,
aber immer von der Aura des
Geheimnisvollen geprägt.